木彫　滝口政満

元気だった？

力いっぱい愛したい
だから
力いっぱい愛して欲しい
声にならなくて
ずるずると時が過ぎ
気がつけば
平凡な言葉を交(か)わしてる

『船長(ふなおさ)日記』より

小学館スクウェア

木彫家 滝口政満

彫る人
木霊の誘いに
夢遊の遠出
旅の道に見るは
さまよえる娘の顔顔
木中にうなり
これが苦しみなりや
喜びなりや
凍風に揺れる女の衣
木目に調和する
出ずる霊魂は
無言の語り

『思索してますか』より

作品の芸術性とか難しいことはわからない。ところがその世界をわかろうとする時に、私の世界が作れて満足する。芸術性なんかは個人のかけひきにとどめておきたい。何しろ作品の訴えている声はすばらしい。

はじめに

日常の空間は空っぽでもあり、濃密でもある。仕事に精出し、仕事場と家の往復に明け暮れた日々は、私を取り囲む空間なんてゆっくり考えさせてはくれなかったけれど、今は別の世界に身を置いている。そこで見たもの、思いついたものをメモしていたら少々積もった。チリ同然だが、そこには私の思いが溜まっているという点で、無碍に放棄することもできず整理した結果、この度もこのような形で纏めることができた。そんな状況の中で遊び心をもっぱらに、まずは『捩り遊び日本語 ~テキトウでアイマイな日本語クイズ』に始まり『笑うかどうかに福来たる お洒落に笑って大笑わ 馬鹿・・しいけど大真面目』『爺活百態 ああ、何をか思わん』『刺さり種・語り種』を書き上げた。その時の心は今も私の中で不変である。もっと高尚でありたいけれどそれは無理そうだ。素人の持つ能力には限りがある。時間はあるのだが……。

本書では各話題の後に詩を載せた。その理由は、仕事に精を出していた時に、時間の合間に書いた詩を纏め、詩集『思索してますか　内省・勘・笑』と『船長日記～ゆるり・ふらり～』を出したが、そこには素人の思い付きの詩1100編余りを掲載した。年月を経て今回気付いたことに、随筆に表れた風景が過去に書かれた詩の風景と重なるものが多かったことである。そこで随筆と詩とをコラボさせてみようと思った次第である。引用した詩の出典はP340に纏めて示した。昔も今も考えることは表現方法が違っても同じであることを改めて自覚した。自覚するのはいいのだが、この今の時代はAIが進化し、私の自覚したことは既に意味の無いこととして扱われるかも知れない。この今がやがて昔と言われる時が来るのだが、今と変わらぬものがその時にもあるのだろうか。私はあらねばならないと思う。AIに反発することは、原爆に刀を持って立ち向かうことに等しいかも知れないが、人の叡知というのはAIを作り上げた人間の功績なのだから、人間が親であり、AIはその分身であり、人の普遍性の方がはるかに勝っていることを考え直さねばならない。頭のいい子供が、目下親を翻弄している姿が見える。しかし誰もがとやかく言いながら、現実は進む方向に進む。いつの時も、結果として現実を云々しているに過ぎない。一人の考えは小さくて見えないが、いつか共感者が多数集まれば頑丈な堤防ができて、迫りくる津波も跳ね返すことができる。一人というのは弱いようで強い。一人も居ないというのはゼロだから始まりようがない。一人ひとりが世界中に無数に居るということが大事である。世界のどこかの片隅で、そんなことを考え、思っている人が居ることを誰かに伝えたくて、私の場合は山ほどのゴミに等しい思いを整理してみたのだが、果たしてそれが再生可能な資源であるかどうか。そうあればと願いつつ、筆に念を入れて纏めたつもりである。

個人の思考型というのは変わらないように思う。ずっと前に書き続けた詩の風景を読み返してみた。本書を書き進める時に、常に感じていたことは、表現は違っていても思うことの芯は同じであることだった。それで詩集の中から見つけた言葉を拾い起こし、付録として付け加えた。ふと共感できる何かを感じて下さる方が居て下されば、本当に嬉しい限りである。詩文の中の言葉を取り上げただけなので、生煮えの感は免れない。

本書のタイトル『宙ぶらりん』だが、人は男も女もぶらりと揺れる何と言うか、うまく表現できない物を持つ。揺れて宇宙を駆け巡る。私の宇宙観である。分るような分らないような物言いで申し訳ない。人・人・人を見れば皆が不均衡な空間で喘（あえ）いでいる。打てば響くのは太鼓。打っても響かないのは大地。だが打つと響きすぎる人が居る。冴えている人が疲れる。そして全く響かない人も居る。これも疲れる。押し並べて人は宙ぶらりんの状態で歩み続ける。そこには話題が尽きない。そんな中で私が見つけた些細なことを私の生活感で突（つつ）いてみた。ああ宙ぶらりん!!

難しく考えずに、気軽に読んで下さって、いつかある時、どこかで何かの風景と重ねて見えることがあれば、私にとっては肩を並べて、同じ向こうの空を眺めているような気がして嬉しいです。そんな思いを込めてお届けします。

２０２３年10月

小島　慶一

宙ぶらりん◉目次

2022.8.18

気の向くままに

年取るとか年寄るという言葉は響きが良くない。それを聞いて満足気な顔している人が居たら、もうあちらとご縁が結ばれているんでしょうね。ただし年を重ねると考えもしなかったことを現実として思い知らされる。気が付かぬ間に、集まる人も機会も減っている。遊び語らう人が居なくなる。やるせないけれど仕方なく、耐えることを余儀なくされる。それは淋しいことなのか？　自由で嬉しいことなのか？　どちらでもいいけれど、自分がどう感じるかというだけである。一人で居るということは、他人と関わり合いがないから煩わしくなくて幸いだけれど、病気になれない。それでいざという時のための二人暮らしを考える。これは自己中の虫のいい話ではないか？　それは甘いというもの。もし相手が病気になったら、このへろへろの私が病気になってはいられない。一人で居ても二人で居ても、不安は同じだ。どちらに転んでも病気になれない覚悟の自分が居る。これが永遠に続くことはないのだから、どこかで孤独の自分に決着をつけなければならない。と思いながら時間は過ぎていく……どうする。どうする……堂々巡り。でも……。

何もせず、何も考えずに暮らせるのが幸せと思うのは、何かをして、何かを考えているから言える贅沢である。でもそのように暮らせるのは本当に幸せなのか？　誰でも同じと思うけれど、置かれた状況に満足している人は居ないはずだ。居たらその人はそこで幸せにブレーキをかけている。人の受け皿は人によって大きさも形も違うから、まずはその器を考える。空の器の淋しさは時々感じてきた。実りの無い空腹感は行く方向を惑わせる。しかし考え始めると何かが始まる。もし考えるのが嫌になったら歩みに急ブレーキがかかって、そんな時は一人暮らしでも、二人暮らしでも関係なく、ただ時間が過ぎてゆく。人は何時(いつ)でも何処(どこ)でもその人次第だから、時の流れに竿さして、あたりの風景を見ながらゆっくりと考え歩むのがいい。私の生きる姿は単純そのものだけれど、歩みの中身は玉石混交である。これが自然で良いことでもあるように思う。

このごろ

生きることは死ぬことを学ぶこと
とはモンテーニュ先生
流石(さすが)、いいことおっしゃる

生きることは楽しいことを学ぶこと
とはそこらの独居人
年重ねてみれば孤独に耐えることを学んでる
開き直りも勢いなくて
ここに到れば孤独でも
過ごす楽しさ探してる
無い知恵絞る呑気坊

2022.8.19

気を遣う現代

男と女か、女と男か。世の中にはその2種類しかないのに、その間に何故(なぜ)息詰まる話題が多いのか？　相互に引き合うようで、反発し合うようで、そんなじれったい思いや経験をしたことのない人は居ないはずだ。「嫌い嫌いも好きなうち」とか紛らわしいことを言うから人間は複雑な生き物だ。賢いといっても素直と狡(ずる)が居て、愚かといっても単純と癖有りが居て、それぞれが十人十色となればややこしいのは当たり前ということになる。そんな世の中で自分はどこに関わっているかと自己判断すれば、時と場合であらゆる網に引っ掛かっている。自慢じゃ～ないけれど、お陰様で人並みである。そんな逃れられない環境で、誰もが互いに品定めしながら日常を過ごしている。それが平凡なのだといえば、人間もたいした生き方をしていないと思ってしまう。

言葉と心が一緒の時は、気を遣うという煩わしさはないけれど、言葉で取り繕い、顔で笑っても心が鬼の時がある。この時はストレスが溜まり続ける。そういう状況ができる原因は、些細なことから複雑なことまで無限にあるが、それを極力収めようという焦りからイライラしてしまう。皆似たり寄ったりだから、無い知恵を絞りだしてはいるものの、はかばかしく行かなくて、やがて馬鹿馬鹿しくなる。結局堂々巡りで過ごしている。でもこれが生きるエネルギーといえば否定できない。

世間にはいろいろの人が居て、楽しくもあり、怖くもあり、情けなくもある。例えば何時も何処にいてもにこやかで、人に先駆けてさっと言葉が出るような冴えた人が居る。おおかた八方美人と言われる。この人を相手にすると楽しいのか、怖いのか、情けないのか？　美人を振りまいて何となる？　愛想がいいのでその調子に乗っているとやがて空しくなる。エネルギーを吸い取られてる。返す言葉が見つからなくてただニコニコしてる。

認知症でなければ相当疲れが溜まっているはずだ。理想的なのは言う方も聞く方もギッタンバッコンのシーソーに乗って会話している状態がいい。寡黙な私がもしかして……ただ微笑んでいるばかりになったと、どなたかが感じましたら、相当あいつは疲れているなとご判断下さい。或いは認知力が欠け始めたとお察し下さい。誰もが「人のふり見て我がふり直せ」ということが大人の生き方だということで幕。

カーテンコール。「我がふり通せば、人の餌食となる」。同時に「我がふり見せれば、人の良薬ともなる」。拍手それともざわめき?

惜別なき男と女

そんないい女居るわけないと
さらっと言い流す男の味気無さ
かといって
そんないい女を探し続ける男の哀れさよ
ほんとうは

女も男も自分が生きてる姿が互いの姿
だから
いい女、いい男
居ると思えば居るんだし
居ないと思えば空しくなるが
口に出さねど落ち着かぬ

2022.8.20

我流　お洒落術

外に出れば洒落(しゃれ)っ気満載の人がたくさん居る。争いのない日常に身を置いている幸せを感じる。今は時代が違うと言ってしまえばそれまでだが、派手派と地味派が常に交叉(こうさ)する。いつの間にか派手派に目が向いている。男にも洒落て、粋なのは居るけれど、どちらかといえば雑で、時には薄汚い格好をしている。目が向くはずがない。それで女性のことになるが、服装のセンスはとても良い。私のセンスで言うから、異論もあるのは仕方ないが、顔はどうか？　若い女性と若作りの女性は、多くが長いまつ毛に大きな目。本当に大きな目かと思って、ある時ちらっと確かめた。瞼(まぶた)が青ずんで大きいだけだった。それだって美意識があるのだから私は嫌いではない。好きかと問われればちょっと引く。とっさに思い出す。暗闇から急に飛び出してきて、びっくりしたような顔立ちだ。悪いと言っているのではない。例えの話だ。電車に乗る。前の席に座るＯＬかも知れない女性たちは、まつ毛はもちろん、多くが前髪を垂らし、雰囲気が皆同じで、気が付くと顔まで似ているような気になる。この人たちはそれが日常だから、慣れっこになってるのか堂々としている。しかも清潔感があってとてもいい。目元パッチリ、多少小太り、中太りも居て、鼻も高く色白で、よく纏めている。ただこれに歯止めがかからなくなって、纏めようが分らなくなって、そのまま出てきたような女性も居る。穴蔵のぱちくり狸(たぬき)と形容したら、可愛(かわい)いのか、怖いのか？　周囲の視覚に飛び込む姿は派手が正当なのか、地味が本質なのか？　相手の好みによるから何とも言い難い。派手は一時的なその時の個性だと思うから、何でも味わってみることが大事だ。その味が習慣になって分らなくなってしまうと話は別だが、これは女性にも男性にも当てはまる。若い人は羨ましい。けれど70、80になったご婦人が、もしぱちくり狸であったらこれは何か一線を越えた感じがして、会った瞬間に後ずさるかも知れない。派手派も地味派もそれぞれ個性があっていいが、人にお洒落を見せようとすれば、その意図はばればれだから、隠して気付かれないお洒落があっていい。若くても、年重ねても清楚の中に色気有りという洒落方ができればいいと願ってる。

お洒落

お洒落は見せるものでなく
さり気なく隠すもの
誰かの心がくすぐられれば
その人の
粋なお洒落がちょっかいかけてる
お洒落は人の胸をときめかす

2022.8.23

生きるパスポート

物心ついてから自分がどんな生き方をしてきたのかと時々思い出すことがある。生まれて以来、縦糸はまだ切れずに続いている。糸が太いか細いかは判らないが、その間にいろいろな出来事が滑りこんできた。縦糸が切れそうになったこともある。そんな生き方を一枚の絵になるように横糸として織りこんだら面白そうだ。まさに生き様である。縦糸は絹のように滑らかに光ってはおらず、時に縄のように粗雑であり、時にロープのように頑丈であり、ある時は糸ではなく紙縒りのように濡れるだけで切れる寸前の場所がある。これは私に限られたことではなくて、誰もがそうした糸を引きずりながら今日も巷を歩いている。誰もが皆太いロープのような人生を歩んでいるようでも、実はより糸が切れ始めて寸断直前の人も居るだろう。だが人はそんな顔はまるで見せない。人を見て学ぶ私が居る。自分の縦糸を手繰ってみる。節となった結び目がいくつもある。横糸が縦糸にちょっかいをかけて作った節の中には濃い思いが詰まっている。今さら解いてみたくはないが、触れるたびに蘇る。人生の綾なす織物は、人の数と同じだけある生きるパスポートとして誰の目にも通用する。

通行手形

宿命の縦糸に
出来事の横糸を織りこむと
生きる模様の出来上がり
粗い目もあり
詰んだ目もある
歩んだ道の通行手形
綾なす生き方の織物

2022.8.24

鏡

朝起きて、たいていの人は鏡を見るだろう。私は退職して家に居るから、特別に自分の顔を確かめなくても、その日は過ごせるのだが、知らぬ間に鏡の前に立っている。といっても顔を洗うためだから別にどうということもない。だが毎日見ていても飽きることはない。もし飽きたらと考えると怖い気もするけれど、別に私はナルシストでもないし、ただ鏡が汚れていると気になるだけだ。映る自分の顔より鏡の面の方が気分を左右する。最近は磨く回数も減ったが、現役の頃は朝に鏡を磨いて家を出た。子供の頃に教わった習慣だったように思う。鏡は年を経ても相変わらずだが、映る私の姿が変化していることだけは教えてくれる。鏡は親切なのか、無情なのか分からないけれど、時々磨く習慣は続いている。

他人事だから別にどうのと言うこともないが、表に出るとかなり個性を凝らした御方が居る。これには相当の時間をかけているのだろうと思う。化粧をしながら、いつか誰の顔とも意識せずに、無心になっていることはないのか。我を忘れて熱中するのは良いけれど、ウサギになったり、パンダになったり、なり過ぎて狸になったらと想像すると恐ろしい。実際、時々街中に狸が歩いてる。パンダも居る。鏡があって、いいような、悪いような……なければそこらじゅうが野生の園になるから、あって安心するのだ……けれど複雑だ。家に帰れば誰もが野生の顔に戻るのだから、「自然」と「創作」の違いの落差に驚かぬように、抑えて、抑えて「ありのまま」に近づくように願います。風呂にはいって顔を洗ったそのあとで、一歩引くことがあった時は、鏡に感謝を。鏡は使いようで人の秘蔵の宝を教えてくれる。軽く見下すと、愚かさを暴露させる。

朝

朝に鏡を拭きながら
顔を確かめて家を出る
今日もいいことあるように
心の隅でそっと呟く
祈る気持ちの積み重ね

2022.8.26

空恐ろしい

生活風景の中に刺さる思いはたくさんある。最近私の家の上空を旅客機が定期的に飛ぶようになった。空路変更があったようだ。いつも思うのはあの空の中を人が飛んでいるという恐ろしさ。少なくともパイロットが居るから一人はあの中に居る。他に複数の人間が私の頭上を飛んでいる。自分をあの飛行機の中に置いて想像すると怖さが先立つ。私は過去に数十回乗ったが、そのたびに必ず大揺れ、エンジン停止などがあってまともに飛行できたのは1回だけだ。それも離陸の時には眠っていて、着陸で目が覚めたという幸運便だけだった。揺すられ続けて数十年。よく耐えてきたものだ。国内便は乗ったことが無い。飛行機は空恐ろしいのである。こうした恐怖も前向きに考えれば耐え忍ぶ生きる力と景気のよい美談となり得るが、私にとっては冗談じゃ～ない、いやだね。それは体のいい話だ。もういやだよ。今は恙無く(つつがなく)平凡な日々を送る。だが平凡は視野を狭くする。テレビに飽き足らず、さあ何をしようかと考える精神的贅沢は年重ねるごとに増してゆく。だがこれは豊穣ではなく貧弱への入り口に見える。この頃分り始めたのは、若くしていじられ、構われている時が人は輝くということ。老いて慰められる時は、人は勘違いして喜ぶ。今日も気付きを探し求めながら、平凡を装う。これ楽しからずや。

慣れという魔性

来る日来る日に新たな発見がある
立ちふさがれた平凡な日々に躓(つまず)いて
おやっと気づくまだ見ぬ自分
仕事する喜びの中で
愛する悦びの中で
日常の感覚が新鮮さを食い潰す
ほら見てごらん
自然の移ろいに
生活する風景に
知らぬ事ばかり
慣れの中で甘えてる

2022.9.1

もやもや

いつも思うのだが、人社会は競争だらけだ。そこには争いという鬱陶しい響きがある。勝つか負けるかという結果に結びつく。これがスポーツの場合、勝者が出て、その姿に感動する。同時に敗者の素直な表情と心情にも心打たれるものがある。努力の結果に差が出ても隠れた逸材が居ることとも見逃せない。

急に猫の話になるが、子猫の前に大きな鏡を置いて自分の姿を見させると、最初は手を伸ばし、鏡の後ろの方を引っ掻く動作をする。裏に回ったりもする。何とも無邪気で可愛い。それも子猫の時だけで、大猫になるとフン面している。学習の結果動じなくなった。可愛くない。家の中の野良猫だ。それでいてどこかの大猫が近づくと大ゲンカする。生きることは闘争である。何が目的かはっきりしないが、自分が一番なのだろう。今の私は見た目は子猫とはほど遠いが、猫ジャレ気分はまだある。子猫のような感覚は持ち続けたいと願っているが、私は自分の本当の顔をまだ見ていない気がする。成長して多少分ったことは、鏡の中に映る像は上下は変わらないが、左右が反対だ。実の自分はどこで見られるのか？　自分は生まれて此の方虚像を追って自分を肯定してきたが、誰もが人の顔は見えるけれど、自分の本顔は見ていない。世の中虚像が多すぎる。自分が思う顔と他人が自分を見る顔の思いのずれから争いが生じるのかも知れない。誰もが自分の虚像に騙されつつ、他人は実像を見つつ、双方が真剣に生きているからややこしいのである。例えば人が選ぶ「〇〇賞」というものほど判りにくいものはない。宝くじならばはっきりしているが、「〇〇賞」というのは人脈次第というのが現実だろう。人はそれでも文句は言わない。賞を獲得するために黙々と歩む。それは美しいことなのか？　自己満足なのか？　それとも反抗なのか？　勝ちを逃した者の無言の語部姿を見ていると、本物は確かに見えないところにあると実感する。だが本物は知れば案外と味も素っ気もないものかも知れない。素っ気のない人が居るが、そうした人が本物か？　もしかしたらそうかも知れない。でも……と言いたくなる。よく分らない話となった。世の中それだけ難しい。

軍配

気持ち弱くもひねくれず
人に耳傾けるは心の寄り添い

気持ち弱くてひねくれて
強がるは偽装の仕掛け
対峙(たいじ)すれば
片や承知のだんまり
そんな時素直に勝る宝無し

2022.9.2

お主

外歩きをしていると、すれ違う人の中に瞬間、気になる人が居る。電車内でも目に留まる人が居る。大方が女性である。私が男だから、それは単に異性のなせる本能といえばそうかも知れないが、それとは別に何かを秘めている謎の人が居て、私はそうした人のことを言いたい。そういう人たちは大体年寄っている。そんな時に「お主、できるな‼」と、とっさに呟いている。今では流行(はや)らないが、チャンバラ映画の決闘場面を思い出す。立ち合った瞬間に勝負ありの世界が見える気がする。オーラが出ているというのであろう。何かを秘めているということは、自信の表れになるのだろう。底知れぬエネルギーがあって、おそらく周囲も気付いているはずだ。そんな人たちは歩く姿勢はもちろん、自信ありげな歩調を見せる。気取りは全くないし、自然体である。車内では読書したり、外の景色を追っている。スマートフォンでゲームなんかはしていない。私は向かいの人の顔を見る。若い女性だと自然に目が行く。見つめたりはしない。私は丸ごと俗人の域を出ない。そういう人たちは私の手本である。我が身を正す指標でもある。外に出れば教わることが一杯だ。そういう人たちは虚勢を張ったり強がりを言ったりはしないだろうし、そうした雰囲気はない。何かが周囲と異なっている。生きる振る舞いのレシピがそこらじゅうに在って、私は助かる。またそうした眼を持つことが大事だと自分を説得している時は楽しい。

底力

物あれば人が集まり
心も、あれば人が集まる
あなたはどちらの人が好きですか?

物に頼れる物の力
心にも頼れる心の力
あなたは見える何かが好きですか？
それとも見えない何かが好きですか？
素直に勝る宝は何ですか？
痛みに勝る宝は何ですか？

2022.9.3

1＋1＝2

　私が小学校に上がる前は、一桁の足し算はできても、二桁になるとまだよく分らなかったように記憶している。今で言う発達障害だったのかも知れない。一桁の場合はマルを書いて合計すれば答えは出たが、二桁になるとマルの数が多すぎて歯が立たない。今でも二桁の暗算はちょっと時間がかかる。それでも間違える。小学生になって足し算、引き算は理解したものの、掛け算、割り算の説明は難しかった。鉄1キロと綿1キロではどちらが重いと聞かれて鉄と即答したのは小学校に入った頃だった。それが同じと解ってからは何とか算数も人並みについてゆけたが、高校生の頃だろうか、今度は1+1≠2で躓いた。1+1=2が必ずしも2ではないということを知った。水1リットルとアルコール1リットルを混ぜると2リットルにならない。これが私にとって哲学の始まりだったかも知れない。私は哲学を専門にする知力もないし、気力もないが、日常のすべてのことを突き詰めればすべて哲学だと思う。結論が出ない。考えると面白いが、疲れる。物心つけば人は皆哲学者と思っていればいいだけだ。その証拠に誰もが反対意見を持っているということは、それなりに考えているということだから、そういう人たちが調和を得るために議論は大事なのである。だが詭弁を弄する哲学者同士の議論となれば結論が出にくいこともあって、これは争いとなる。要するに1+1=2は本当に2なのだろうか？　1+1≠2という世界を認めて人は安堵するというしかない。

日常の哲学

哲学というと難しい
平凡な日常というと覗きたい

机上で語るはお説教
納得してもすぐ消える
哲学は振る舞いひとつに見え隠れ
自然体の中にある

2022.9.4

幸せの原点

一日の間に感謝と不平を言う言葉の回数を比べてみれば、不平を言う数の方が多いだろう。これは自分のことを考えて申し上げているのだから、感謝のてんこ盛りの御仁には耳障りかも知れない。不平の材料はいくらでもある。私は一人暮らしだから、不平量は二人暮らしの人の半分かと思えばそんなことはない。起床時に「よく眠れなかった、あ～あ」から始まって「今日も暑いか、ったく！」「朝食のパンを買ってなかった。チェッ！」「眼鏡をどこに置いたっけ、え～?!」「新聞を読まねば……植木に水をやらねば……金魚の水を取り換えねば……」。ひと仕事終えて新聞を読み始める。気が付くと読書しているかのように固まっている。為(な)すことすべてが不平の対象である。不平というか不満である。声には出さないが、言葉にして話している。イメージだけの感情だと落ち着かない。自分と対峙(たいじ)して会話している。嬉しいことがあった時も同様である。せっかく自分という話し相手がいるのだから、これを置き去りには出来ない。思いと体が完全に向き合っている。一日が穏やかに過ぎて行く。今の私は震源地の分らない震源のような存在である。誰にも分らない所で揺さぶって、じっくり自分を見つめたい。

生き方二局

振る舞い大きくして世間をざわつかせ
派手を好む人
それは生き方
足取り地道にして名も馳(は)せずに
平凡を好む人
それも生き方

幾重にも重なりながら
月日の中で変わりゆく
凸凹が平らになって人は気が付く
幸せの原点

2022.9.6

年を取ってます

子供がいつの間にか青年になり、成長は勢いを増して、ほどなく立派な一個人となるのだが、すぐに薹が立つ。これが過ぎてみると意外に早い。「光陰矢の如し」と言ったのはまだ矢を射ていたころのこと。今はもう地球のあっちとこっちで瞬時に話ができる時代で、矢どころではない。光陰が電波の如しである。ちょっと電波では早すぎるかも知れないが、母の背中の温もりを憶えていて、あれからもう80年過ぎたと思えば、一瞬にして飛んできた気もする。とにかく早い。これは今さら改めて痛感するが本当だ。

短かった往年の盛りが過ぎると、萎む様子は急に老け込みを助長する。不思議なもので、それに並行してスマートフォンという人生を揺るがし兼ねない化け物が現れる。この私がアイドル顔に修正される。若いがどこか老けた色男だ。気持ち悪いが面白い。ちぐはぐな世界に巻き込まれ、複雑な気持ちだ。これで自分をくすぐるような生きる縁（よすが）となり得るか？　それはないだろう。誰にもやがては介護ロボットが寄り添ってくれるのか？　そこらじゅうロボットだらけだ。世の中の仕組みが変わっても、時が過ぎて、人も物もすべてが老いてゆくのは変わらない。だから考え方を変えて、変わらないことを変えて生きるのも面白い。そこで、年取ることは「年を取り払う」という私の解釈。解釈だけだから、自己の慰めと言って失笑される。それを承知で私は今、年を取り払う若返りの訓練中。頭を使い、運動をして、食事はほどほどに。といっても多くは食べられない。決して老い込み中ではなくて、追い込み中という弁解。と言って普通に生きてます。

生き方再考

陣頭に立ち諭（さと）す人
自己の優越そして満足

それを真似て懸命になる人
人は何を求めてる？
人の狭間に溶け込んで
その存在すらわからぬ生き方でも
絆を堅固にしてゆく人の
何と生きる美しさ

2022.9.7

旅に思う

旅はすべてが出会いである。初めての出会いだから嫌なはずがない。私の中で言葉が飛び交う。何かが弾(はじ)ける。嬉しいような、楽しいような、でも旅は辛(つら)い。心に高まりはあっても、再会を約束できない。出会ってしまったら運命を感じなければならない。再訪したい所は無数にあっても、今は目を閉じて思いを馳(は)せる。

満ちて……旅

往く人に心あり、　物にもあり
どちらも語らぬ
だから私が問いかける
淋しいですか？
嬉しいですか？
声なき返事は決まってる
嬉しいです・と
私も言葉を返してる
ありがとうって

2022.9.8

緊急医療

医師という職業は大変な労働だと思う。特に緊急医療の場合、人の生死に関わる時間との戦いだから、神経の集中は計り知れない。有難い存在だ。夜勤の医師はどう過ごしているのか。まさか机に向かって勉強していることはないと思うが、かといってのんびり深夜番組のテレビでも見ながら、一杯やっている姿は想像できない。おそらく仮眠しているのだろうが、深く眠るわけにもゆかない。緊急連絡が入ると飛び起きて臨戦態勢に向かうのだろうが、低血圧の医師ならばふらついてひっくり返ってしまう。腰痛持ちならさっさと歩けない。患者の前で醜態を見せる。そんなことを考えると医師は健康でなければならない。といっても医師も人間。医者の不養生とかいうけれど、養生不足で病んでる医者もいるはず。それでどこかに不具合を抱えてる。それも人間的でいいじゃ～ないか。昔私がかかった歯科医院の先生は、中風だか何だか分らなかったけれど、手が震えていた。器具を持って私の口の中に入れる時は怖かった。何度か口内に切り傷を作って口内炎になったことがあるけれど、私は彼を信じてた。過去のことは忘れよう。最近は人手不足と言われるが、夜間勤務にずれ込んだりした医師には残業手当をたくさん出すべきだ。病気になって初めて分る医療の有難さであるが、医師や看護師の方々の現場に於ける人柄の高潔さも特筆したい。

緊急夜間診療

医師の残業
感謝に尽きる
深夜の整形外科
治療を終えて会計
骨折り手当て込み？
深夜の泌尿器科
診療終えて会計
残尿手当て込み？

2022.9.10

考えることは皆同じ

自分が生きた時代が最高だと思っている。他の時代を知らないから、たとえ苦労を経験してもそれを美化して言うのは、一生が一度だけだからいつの時代も悪くはないのである。私の場合は昭和で団塊世代前の人間だから、今の若い人から見れば「生きた化石」のような、展覧会の陳列物になりそうな存在かも知れない。人にもよるが私は今のＩＴ社会にそれほど興味が無い。便利さに驚くが、私にはむしろ多少の不便さがあった方が、人との絆ができて生きる深みがある。これ、爺(じじい)の僻(ひが)みじゃ～あないんだよ。もっと世界がゆっくり動いた方が幸せを見つけられるに決まってる。歩いていれば幸福が転がっているのを見つけられるけれど、高速で車に乗っていたらすべて見逃してしまう。懐古趣味とは言いたくないし、じっくりと顧みているつもりだ。情報の探り合いのために身を捧げる。その技術がさらに進んで月や火星まで行こうとする。行ってもいいんだよ。だけどその一方で戦争して殺し合う。かと思えば同時にどこかで友好の催しが行われ、スポーツの大会が行われ、格差社会は始末に負えない。闘争が無ければ進歩が無いことも事実だと認めて、人は飽きる生き物だから進歩を望む限り争いは止まらないということになる。争いに飽きて解決できるのも人間だ。どこの世界にも「我が儘な人間」が居てその連中を封じ込めることを考える話し合い、教育が必要である。こんなこと誰もが分っているけど誰に言ったらいいか分らない。強欲政治家に争いを止めよなんて言ったら「やぶ蛇」ものだ。

ところで戦争を起こすのは誰か?　学者、芸術家、技師、スポーツマン、商人、子供……の間から戦争をしようという話題は全く出ない。彼らは飽きない何かを持っている。とすれば犯人は誰だ。常に何かをしたい政治家と軍人が結びつき、科学を盗んで利用して、得たいものを得る。欲望の塊の発散手段が戦争だ。よく考えれば一部の人間の口実による反社仕業である。そこでまず今の時代に於いてはＩＴ科学が争いごとに利用されてはいけないということ。これは全人類に影響する。

今

50年過ぎれば
人は進歩か、後退か？
失敗して気が付く

新たに歩み出し
負の道に填まり、それでまた失敗
懲りても懲りても繰り返す
行く末を案じながら現実に耐える
自己中心が芽生えてから
共生という限りなく不可能な理想を
自己暗示にかけて今を凌ぐ
生きているということは
偽善の中で過ごすこと
それでいて人は共存という
消えそうな僅かの希望の光を
捨てることはない

2022.9.13

日常のＵＦＯ

コロナのせいにはしたくないが、しばらく人に会わないと体調が思わしくない。無自覚のストレスが溜まっている。人の顔を見ると落ち着く。言葉を交わすと更に落ち着く。私は無人島に置かれたらすぐに気が狂うと思う。

子供の時に可愛いと言われて皆から愛され、ちやほやされて育っても、時経ればたいていが小憎らしくなる。大憎らししも居る。中には角が立って棘（とげ）のような奴（やつ）も居る。そんな人たちでもそれから何かを経験し、憶えて丸くなる。丸くなるべき時にまだ角ばったのが居て、やがていじられ、つつかれ丸くなる。それでもつつかれ続ける人も居る。これはもう運命かも知れない。結局いつの時代にも変な人が居るということになるが、いろいろの人が居て、私のストレスが和らぐ。私もそんな人の中の一人と思うと、ちょっと気が重い。

皆が丸まっていたら味が無い。かといって角ばってばかりでも単純すぎる。丸い顔した角田さんが居てもいい。角ばった顔した丸山さんが居てもいい。ただどこかにちらっと輝く見えない何かを見せたりすると、明けの明星か、中秋の名月か、人は素晴らしいと関心を寄せる。

幸せのダイヤモンド

子供は幸せのかたまり
泣いて良し　笑って良し
それから五年　十年　十五年
ひとつ悩んで角ができ
ふたつ　みっつ……
面を作り続けて幸せがやせ細る
ひとつ悩み乗り越えて
光が当たってきらり輝く
ふたつ　みっつ……
面多ければブリリアンカット
面取りに失敗したら人造ダイヤ
それでも笑いながら別のことを考える
顔が彷徨(さまよ)う

作った面が凹んでる
子供の顔は原石
大人の顔は彫刻
顔を尋ねれば
光るダイヤが稀にある

2022.9.15

忘れること

忘れたいけれど忘れられないことがある。何かが体の中で疼いて、もやもやしている。こんな時は病気になって当たり前である。忘れ術というのがあれば、誰もが飛びつくに決まっているほど世の中は嫌なことで一杯だ。忘れ去るということは生きるためには大事な生活術と私は自信を持って言う。喧嘩して引きずるようでは体に悪い。やられた方は悔しいが、もう無視だね。あとは忘れて縁を切ればいいだけだ。かつて私は忘れる努力をしたことがある。その結果忘れることが上手になり、気持ちに余裕ができたが、大事なことを忘れる技も身についた。何もかもがいいなんて、世の中そんなに都合よく出来てはいなかった。自分で言ったことを忘れて、人に指摘されたこともあった。あの努力は甲斐があったのか、度が過ぎたのか。渦中の人の気持ちはよく分る。自分が悪いのでなければホットケ、ホットケ。時間が過ぎれば中身が腐って消えて行く。

　それで年を重ねてくれれば、努力しなくてもすぐに忘れるようになるから、何の心配もいりませんぜ。そんなのを鶏化現象（にわとりか）とでも言うのかと思ったら、周囲に鶏のような老若男女が思いのほか居ることに気が付いた。何の心配もなさそうに、笑顔で歩いてる。私の気持ちは複雑だ。

暮らし

良くも悪くも
すぐに忘れ去られる
存在ははかない
平凡の中で語らぬ語り顔

理屈なんかは逃げ道
詰めて詰めて到達するのは
単純　透明　無

2022.9.16

空腹

ひもじいことに対して私はそれほど不安感はないし、辛くもない。お涙ちょうだいの話ではなく、大体私の話は戦後のどさくさの状況下でのことだから、現代っ子には通じないかも知れない。と言いながら誰か理解してくれる人も居るのではないかと希望を捨ててはいない。物の豊富さが普通になった時の人の弱さは、それが無くなった時のことを考えると、昨日の友が今日の敵と化すことを含み持つ。

年を重ねてひもじいから、「ひも爺」(年寄ってひもじい老いジゴロになるか？)になる前に、若い時から「ひもじさ」の経験はしておくべきだろう。

戦争を知らない子供たちという言葉が一時言われた。今は聞く機会が少なくなった。それは幸なのか不幸なのか。今でも戦争は離れた所で治まることなく、連日生々しく報道される。日本人の多くは、戦争が絶対悪だと思いながら、それを対岸の火事のようにしか捉えられない状況の中にある。いや世界中の殆どの人がそうした状況下にあるはずだ。人の痛さ、辛さは経験した人でないと分らないのは確かだが、私は戦後の食糧難で、母親によく手を引かれ野草を摘んではそれを食べた経験はある。だがそれは日常のことと思っていたし、私にはその頃の家計の事情は分らなかったから、この経験は私にとって痛さ、辛さとは違う。ただ空腹であったことは憶えている。親が相当の苦労をしただろうと今では感じる。今起きている戦争で、逃げ惑う人々は野草もない、水もない、怪我をしても病院に薬もない。そして家族を失う。これは生き地獄だ。この人たちが生還した時に、彼らは生きることに強い人間になることは間違いない。ただこの経験した空腹感が反抗という負の方向に向くと逆効果となる。戦争による残酷な空腹はあってはならないが、人はある時、ひもじい経験をすることは一生のうちで一度はあってもいいと思う。それは人の痛みを知る人の知恵を育てることに結びつく。満腹で豊満はエネルギーはあっても、ロダンに結びつくことは難しいからだ。冗談ではなく、ロダンだ。膝に肘ついて考えよう。

伝言

ひもじきことは宝だよ
と教えてくれた先達が
去って迎えたこの時は
宝物よどこへ行った？
ひと握りの人達が
懐に大事にそっと仕舞ってる
生きる　理（ことわり）
今抑えなければ
人の哀れ募るばかり
策無くして聞こえる唸（うな）り声
ますます光放つ伝言
ひもじきことは宝だよ

2022.9.17

○夏○冬

異常気象で本当に暑い夏を過ごした。これが毎年繰り返されたら、寿命が縮む。尤(もっと)ももう縮むだけの余裕がないから危険の域にある。これで寒くなったらどうするのか。私は非常に寒がりで、寒さに敏感であり、怖くもある。女性よりも怖い。話が逸(そ)れた。要は寒さに非常に弱い。暑さ寒さも彼岸までと言うけれど、2回の彼岸をやり過ごせば1年は終わりだから、私が身を置く安全な時期は一体いつなのか？　彼岸を過ぎても最近は春も秋も無いくらいに短い。春に咲く花の命も短いし、秋に生(な)る葡萄の実も夏の暑さでしょぼくれて、生彩に欠ける。それを野鳥が運び去る。もう少し見て楽しむ時間が欲しい。郊外に住んでこの状況だから、都会に住む人にとってはさらに深刻だろう。もう季節感なんて無くなって、1年は夏と冬の表裏だけ、つまり1年は1枚の紙のような「のっぺり」した表情で過ぎて行くのではないか。今夏は暑すぎて何もできなかった。今後のことを思うだけでやりきれない気のする「のっぺらぼう」の毎日。夏の間に大雨が降っても、大風が吹いても、過ぎればただ猛暑だったとひとくくりにしてしまうほど、そして寒波が来ても、雪が降っても、過ぎればただ暖冬だったとひとくくりにしてしまうほど温暖化は生活圏を無味乾燥化している。それでも聞こえる急ぎの紅葉や初冠雪の便りは、平坦な日常にまだ多少の起伏を与えてくれているから、この喜びをこの先もずっと分ちあえるように、人は意識して環境保全に邁進（まいしん）しなくてはならない……と環境推進会議の会長になったつもりで伏して言ってみた。

寒くても暑くても

人は寒さに耐えるように
できていると思っても
冬が来て……
忍ぶことの耐えがたき
人は暑さに耐えるように
出来ていると思っても
夏が来て……
忍ぶことの耐えがたき

本当の自分がわからなくて
その日その日に耐えている

2022.9.18

生きる

今さら生きることは大変と言っても、今でも大変だから自然に口から突いて出る。「ああ、大変だ」。月並みでも並み以下でも、生きるためには何かをせねばならぬ。これは義務なのか、押し付けなのか？　生きるのに迂回路を選ぶ人も居て、やる気があるのかないのか。それでも生きている。生き方はほんとに様々だ。幸せ、不幸の思い方も様々だ。

金は無いよりあった方がいいが、あり過ぎると困るんじゃないか。他人を見ながら余計な心配をしている時間が最近は多い。それがもし自分にとって困り事になったらどうしようと心配することは、いくら頭を捻(ひね)ってもあり得ない。結局、捻った割には実りなき瞑想だったと我に返る。仮想空間のアバターが元の鞘(さや)に収まる。まったくもう!!　暇な時間が増えると、思いのさざ波はろくなことを引き出せない。

と言いながら、のほほんと暮らせているのは、有難いことでございます。急に改まってしまうほど、今の自分が一番適した空間で生きていることに気が付く。

生き方

月並みは稼ぎ虫
芸術家は耽美虫
生きる異形態
苦労と快楽の狭間で

2022.9.20

顔

過去を引きずっている顔というのは負のイメージがある。負なら負で徹底して引きずれば反転するかも知れない。途中で整形したら話は別だ。大体何でも引きずり過ぎると、何処かが伸びる。鼻の下が長いとか、長くなったと言われる人は、その実践を評価された結果だから仕方がない。過去を引きずっている証拠だ。

象や天狗は鼻が長いけれど、鼻の下は長くはない。象なんかは鼻の下がすぐ口のような気がする。まじまじと見たわけではないが、今度よく見てみよう。はなの下が長いのは昔からチューリップと決まっている。だから色男はチューーリップと言われる。色男は「にらめっこ」は得意だろう。「アップップ」と言ったとたんに変顔になる。私も鏡を見ながら鼻の下に力を入れて変顔をしたら思わず吹き出した。格別この部分が長いとは思わないが、身に覚えはなく、思い当たらぬ何かの過去を引きずっているのか？　ドキッとした。個人的にはチューリップは好きだけれど、はなが開いてしまった後は見る影もない。笑いの後は消沈。長いうちが反転もあって「はな」なのだ。

顔

過去と無縁の顔が歩いている
不毛の大地に足跡を残しても
欲望と愛憎が滲(にじ)み出て
顔に実り無くして見えるは荒涼
綺麗な顔が歩いて来る
だがその顔に続くものが無い
美しいは無言の艶
綺麗は一時凌ぎのてかり
美しいは時間
人は顔を求め続ける

2022.9.23

文字からコマ

文字を書き綴っていると新たな空間が現れて、その中で遊んでいる。画家や音楽家、小説家や研究者をはじめ、あらゆる仕事に精出している人々はその中で遊べるから何事も継続できるのだろう。しかし遊びといっても粋と無粋があって、金が絡むと低俗に走ることは間違いない。誰でもいずれ暇だらけになるのだから、遊ぶことには事欠かない。そんな時は粋な遊びで楽しもう。そこで私が登場するのだが、かと言って期待させるような話はない。せいぜい言葉の遊びでしかないがこんな具合で日を送っている。

物忘れが時々起こる。最近は頻繁だ。思い出す方法は何かと関連付けておくこと。私は蒸(ふか)したさつま芋が好きだが、その好きな芋の種類の名前が出てこない。農林1号とか太白(たいはく)という名はすぐに出るが古すぎて、今は知る人も居ないだろう。私の知人に「はるか」という女性が居る。芋を見るとべにを指した「はるかさん」の顔を思い出す。これでまず完璧に名前が出る。「べにはるか」。これは旨(うま)い芋である。時々スーパーに出る。ところではるかさんは決して芋姉ちゃんではないことを添えておこう。私の世界で話しているから多くの人にとっては退屈で、何を馬鹿なことを言ってと思うに違いない。今は吐き出したい気持ちなのでそれを承知で言わせて頂こう。馬鹿馬鹿しい話はきりがない。今の日本の外国語といえば英語が主流である。日本語を解するアメリカ人も多い。私は英語が解らない日本人だ。日本語の達者なアメリカ人が、日本人に「アリガトウ」と言わずに「クロコダイル」と言った。アメリカ人は笑ったが、日本人にはちんぷんかんぷんだった。これはアメリカ人の単なる記憶系統の混乱かも知れないが、英語を知らない日本人としてはちょっと悔しい。それで英語の達者な日本人がアメリカ人に「食事の時には、ゆっくりとカムカムエヴリバディ」と言ったら、日本人は笑ったが、アメリカ人には解らんかった。でもこれは単に日本語の駄洒落だったか？　切れの無さに粗末感あり。

文字の不思議

限りある文字を並べて
限りない思いを綴る
限りあるを限りなしに変えて
精気を呼び覚まし

見えぬ空間を
見えるが如く創りだす

2022.9.24

話し相手

私の家の金魚はトラミという名前である。もう5〜6年になる。トラミについては既にどこかで書いた。今までさほど気にならなかったが、最近腹が膨らんで泳ぐのが大変そうなのに気が付いた。「お前、おめでたか？　それとも極度の便秘か？」。するとこいつは主に向かって馴(な)れ馴れしく「これは自腹よ！」だと。嘘はついていないようだ。私の女房気分でいるのか？　もう少し控えめに、恥じらいを持って欲しいものだ。売り言葉に買い言葉。それでこっちも言ってやった。「お前は、腹でかの相撲取り。トラミ山だ」。何せ彼女は赤フンドシで堂々たるもの。顔を赤らめても無表情だ。とめどなく話は続くが、そんな時ふと思う。金魚と話して気分を紛らしている自分は他に話し相手が居ないのか。そういえばよく庭の木や花に話しかけている。これもまた人生と思えば気は楽だ。これが壁に向かって話し出したら、周囲の皆さん宜(よろ)しくお願い致します。

向かい合う

自分に向き合う心と
人に向き合う心
自分に嘘をつかないのが人間
こんな自分でいいのかと
１００パーセントで見つめてる
そんな貴方でいいのかと
50パーセントで見つめてる

2022.9.25

人

好いとこ取りというのとニュアンスは異なるが、好きな物は自分のためというのが人である。それが他人のためと思うことができるとすれば、その人の人徳は評価されないはずはない。飢餓に苦しむ人が居れば食料を届ける。これは美しい。食料が届いた所で、自分が一番と先取りする者が居て、人徳のバランスは口で言うほど簡単ではない。人徳のモデルを構築しなければならないが、幼いころからの心の教育がまず思い浮かぶ。そこで気が付くのは子供に接する親の教育。世界中が食糧難になったら人はどう動くのか。力で食料調達をするのか。皆で分ち合い空腹に耐えるか。他人に食料を与えて自分は黙って死んでゆくのか。それが分る人が大多数を占めれば戦争なんかはまず起こらない。人はまず自分。これが争いの始まり。簡単な事なんだけれど、分らないんだな。

話は飛ぶが、人が月に行って更に火星に行って住むなんていう話は興味をそそるが、よく考えれば止めた方がいい。地球に人が生まれたのは、人に適した生きる環境が備わったからであり、その環境が無い他の惑星に行くのは生命の原理に逆らっている。私は科学の足を引っ張る人間。人の世界を豊かにしたい。人は賢いようでボロを出す。地球を汚して掃除することもできない生物集団が、他の惑星に行ってまた汚すのは決して賢いとは思わない。自分の家の掃除もろくにできないまま、他人の家を汚しに行こうなんて滑稽（こっけい）な話じゃないか。好いとこ取りが過熱して、更にやっかいな問題と混乱が見える。

共に生きる

誰かを幸せにすれば
幸せになったその人は
別の誰かを幸せにする
幸せの連鎖が一気に
信じるは心の食材
当てにし過ぎは食あたり

2022.9.29

満ち足りて

耳の遠い叔父と久しぶりに電話で話した。電話の向こうから大きな声で話してくる。こちらはよく聞こえているが、つられてこちらも大きな声を出している。話が互いに通じているのかいないのか。互いに解ったような調子で懐かしんでいる。叔父が環境の良い施設で満足して生活を送っていることは、言葉の調子で解った。同じことを何度も繰り返すのは年寄りの特権だが、妙に納得することも言う。「オレ、有難いことに98才で虫歯が1本もない。この年になって、ナー、有難いことだ」。確かに98才で虫歯無しとは信じられない程にすごいことだと思って、その健康を称えれば、調子に乗って更に言い出す。「オレ、全部入れ歯だからよ、ハハハ」。冗談なのか本気なのか、その辺が分らない。ハハハで相手の真意がつかめないこの気持ち悪さ。電話を切るまでに同じことを何回言っただろうか。私は80才になろうとしているが、もしかしたら私も同じことを繰り返していたかも知れないと不安になったが、自分のことは分らない。お互い様だったかも知れない。

単細胞

満ちていて今日の日も
負けぬ我が身を感じてる
ことさら何もない日だけれど
心がそのように動いてる
思えばこんな日の連続で
今日がある

2022.9.30

見えない標識

男と男、女と女、この関係が難しいのに男と女、女と男ときたらもうよく分らない程に難しい。駆け引き、騙し、裏返し。裏返しというのは「嫌い嫌いも好きなうち」という言葉が伝えるように、嫌いと言えば嫌いなはずが好きを意味する。当事者は分っているからまあ、いいか。大体男と女はすれ違いというのが普通だろう。これは私の経験からついすべって言ってしまったが、ここで大口をたたいても日常茶飯となれば何ということでもない。現実は皆がもやもやとしながら振り回されている。

男と女

男は近くから見つめてる
女は距離持ち眺めてる
男は気持ちを逸（はや）らせる
女だって逸らせているのだが……
事はたやすく進まない
歯がゆいことだと分っていても
道しるべがないゆえに
思わぬ方に流れゆく
夜が来る

ぽっかり空いた空間を
ひたすらにから回る

男と女は対向車
心の交通整理がはかばかしくなくて
おまけに故障している信号機

2022.10.18

にんかつ

就活という言葉を聞いて納得していたら、終活という言葉が出てきて何か嫌な気がした。今でもこの言葉は好きではない。死を前提にしている活動は情けない。しかし年と共に認めざるを得ない現実はある。そうしたら最近、「にんかつ」という言葉を聞いた。解らなくて最初は人としての礼儀作法を学ぶことかと思った。つまり「人活」。でもそれは違うようなその場の雰囲気だった。若い女性が音楽活動をやめるという話の中で出てきた言葉だけれど、私の思いつく「にんかつ」のイメージが頭の中を走る。活という音は動き回る姿が見えて、忍者修行をするための忍活を想像する。でもこの女性とは結びつかない。話が進んで、この女性の結婚の話題が出てそこで初めて納得した。「婚活」から「妊活」へ。忍者とは全く関係なかった。

ところで生活というのは、終活と比べると非常によく出来た言葉だ。妙に納得できる。生きるための活動。これは幼い頃から身についている言葉だ。終活に入ってますなんてとんでもない。死活という言葉はある。これは究極の短時間を想像するが、終活は悶々としたどろどろの土石流の中に浸かっているような、いや〜な感じがする。終活をするという言葉は生まれても、死活をするという言葉は聞かない。人は常に生活をしていると思っていよう。何でも「活」を付ければいいという風潮に一喝だ〜！　でも私がひとりで力んでみてもダメなのさ!!　言葉は無限の方向に動いて脳内進化を続ける一方、私は反抗するけど従わざるを得ないのさ!!　まさに「生活中」。

活動

変わらぬ日々
平坦ともいえる足跡　だが
名もない人々　その中に
静かなる　密かなる
徳ある人
都会の片隅
田舎のあちこち
質素と正直
胸躍る時は
さり気ない日常の瞬間
その刻をつなぎ留めて
人は安らぐ

2022.10.19

生き方伝授

偉そうなことを言えば後で恥をかくのは承知していても、それでも言うから懲りない呆れた恥知らずである。

ところで私は自然の中で何かが動く様子を見つめているのが好きだ。岸壁で糸を垂れ、波の打ち寄せる姿を見つめる。渓流に浮きを流し水の流れを見つめる。魚が針に食いつかなくても構わない。食いつけばそれは釣りだから楽しいけれど……。そんな中で思う。「川の水の流れのように生きればいい」。理由は人それぞれ、自分で思い巡らして頂こう。渓流の淵に腰を下ろし、水の行く姿を捕えれば、生きるための様子と道理が見える。水は岩に逆らわず、溶け合い海を目指す。「皆で仲良く」は生きる物の不滅の鉄則。私の標語。私はこんなことも考える爺だけれど、疲れた時には自然の中に生きる術を教えてくれる師が居ることを知っている。現代人の顔にどこか疑心暗鬼がちらついて、皆が疲れているように思える。人はひとりになって静かに考える時が必要だ。しかし今の時代は、考えていると誰かに先を越されてしまう不安があるのではないか？　嫌な時代になったもんだ。誰もが自分の生き方に自信を持って生きられる時代にせにゃあかん。やはりまずは専門学校の増設、教育すべてが無償。誰もが皆、何か得意の専門家。皆が川の流れのように生きられるといい。

竿さしながら

丸いところを丸く流れて
四角いところは四角く流れる
川の流れのように生きている
角に淀みあり
そこに水魚の交わりあり
角をゆっくり流れてる
丸い浅瀬の急流は気を付けよ
時に緩め　時に急ぎ
水流れる如くに生きている

2022.10.21

夏の虫挽歌

最近の夏の暑さについては、これまで何度か書き留めてきた。秋を待ちわびてツクツクボウシの話題も何度か取り上げた。今夏もやはり猛暑を耐え忍び過ごして今思うのだが、ヒグラシの声を聞かなくなった。「カナカナカナ」と鳴く声も秋の風情だけれど、絶滅危惧種入りなのか？　晩夏になれば、時々道端に仰向けになり腹を出して昇天している蝉(せみ)の姿を見る。時に狸寝入りしているのが居て、近づくといきなりけたたましく鳴いて逃げるからこちらも驚くが、うつ伏せになって息絶えている蝉の姿は見たことがない。でもそうした中でヒグラシの亡骸は全く見ない。狸寝入りしているのは殆どが「アブラゼミ」。鳴き疲れて道端で「油を売っている」としたら、油断大敵。そこまで演出して目立ちたがることは、せこい腹芸だ。だが秋風の香りが立つようになれば、蝉にとっては余命僅(わず)かだからら有終の美を飾りたいという気持ちはとてもよく分る。

愛しき命

仰向けに腹を冷やして
セミ一匹
夏の夜道は

昼の暑さに熱中症？
歌い疲れて御憔悴？

恥じも外聞も掻き捨てて
今のお前は　セミ・ヌード

2022.11.5

20年経てば別世代

自分では若いつもりでいるのに、その「つもり」が積もらなくなっている。時の変化が早過ぎて気が付くと、目の前は黄昏から夕闇に変わっている。私が小・中学生の頃は明治時代の逸話を親からよく聞かされた。明治時代というのは私の中では遠い時代であるが、江戸時代とはまるで違う、どこかにまだ同胞感がある。祖父母が明治、親が大正時代の人であるから何となくその延長上にあって、今の時代に居る限り違和感はあるものの、全く遠い時代でもない。今の人にはどう映るのか？

当時の旧制教育では修身という教科があり、それに関して親はよく木口小平という日清戦争で戦死したラッパ手の話をしてくれた。国定修身教科書には「シンデモラッパヲクチカラハナシマセンデシタ」という件があったそうだ。当時は笑うと咎められたそうだけれど、私は聞くたびに可笑しくてついつい笑ったものだ。そのあたりから時代はもう変わっていたのかも知れない。日清戦争当時の人たちは、美談として皆が共有していたのだろう。だが第二次大戦後の私にはもう笑話となっていた。

私は若い頃は真面目で、昭和の木口小平とか……まあ言われたことはなかったけれど、心の隅にはこの言葉は残った。今だって令和の木口小平と言われれば……、まあね。

話を現代に当てはめてみよう。この精神をどれだけの人が取り込めるだろうか。戦っている最中にラッパなんか吹いている余裕もないこの時代だ。しかもスマホで世界中の位置情報が一瞬に分るこの時代になるまでわずか100年余り。この100年の中間帯に生きている青年、壮年は早い変化の流れの中で苦しんでいるのではないか？　同時に絶頂気分で喜んでいる人も居るはずだ。どちらがいいのか？　私は苦しむ前に諦め気分である。これから20年も過ぎれば、今悶々としている人たちが人間性を見出して安堵するかも知れない。或いは今絶頂期の人たちが何か大事な物を見つけ出すかも知れない。今はその過渡期と思える。高齢者と言われる我々が現代に追いつけないほど変化が激しい。試しに現代の若い人に木口小平の話をしてみたらどんな感想を持つのだろうか？　100年間の意識調査としては面白そうだ。戦場でラッパを吹く兵士と、指先一本で核を操作する現代人の違いは、その両者を知る人間にとっては驚嘆と同時に恐怖でしかない。私はラッパの方が不自由であっても、人間を感じる。

無知に劣る愚か

人の贅沢便利へと走る
程度を超えてもう引き下がれず
便利を覚えたその時から
己が首絞めるその時まで
気が付けば
淋しい自分が
一人歩きしている
ほどほどの便利が
長続きの贅沢

2022.11.9

ジャメヴュ

デジャヴュという言葉を時々耳にする。何じゃヴェ？　洒落のつもりでも馬鹿馬鹿しい。よく聞くけれど、一度も見たり、聞いたり、経験したりしたことがないのに、あれっと思うことは誰にもあるはず。それがデジャヴュ。とは反対に、最近あれっと思うことが多くなった。こんなことってあるのだろうかと改まって考える。見慣れているのに、ふと思いが新たに自分に刺さるのをジャメヴュという。分るヴェか？　馬鹿馬鹿しいついでの連発。これはデジャヴュというもの。

若い女性と並行して歩いている。相手はハイヒールを履いてスタイルもいい。私は野暮ったいけれど履き慣れたスニーカー。だんだん距離が離れて私は遅れる。悔しいじゃあないか。足は私だって別に短いわけではない。それなのに10分もすればもう100メートル位先を歩いている。先回りして顔を覗(のぞ)こうと思ったが、バックシャンで終わった。いや前シャンでもあっただろう。こんなことといつもあるのに、新鮮な風景を見る。

食堂に入る。若いのが私の後にやって来て席に着く。同時に食べ始める。私が3分の2食べた時、彼は終えて出て行く。悔しいじゃあないか。一生懸命頑張っているつもりでも遅れを取る。今までそんなことには無頓着だったけれど、気が付かぬ間に私は着実に年を取っていると、誰に言われなくても周囲が自然に教えてくれる。日常の生活リズムが変わったとは思わないが、そう感じるのは自分が年を気にはしないけれどどこかで意識していることなのかも知れない。新たな風景だが、そこで思う。これが若い人より先にことを済ませたら、年取る意味と価値が無くなると、さも悟ったような理屈を言い聞かせてその場を凌(しの)ぐ。若い時はこんなことを考えないのだから、やはり何かが見えるようになったのか、或いは見るようになったのか。いつも同じ風景の中で過ごしてきながら、気の付かなかったことが、今、新鮮に思えてくるのは何なのだろう。老いて急に感覚が冴えてきたというのとは違う気がする。冴えていれば距離を離されることもないし、食事も早く終えることができる。生活リズムが変化したことに気が付かず、日常の甘えが記憶を封じ込めてしまっただけのことだ。見逃したことは棚に上げて、未経験という仕様もない感覚で日を送る。ジャメヴュの世界に踏み込んだがために、忘却の世界が新世界となる。

人

自分の姿が見えなくて

若い人に負けまいと
なりふりを懸命に取り繕っても
自然の審判は見逃さない
そんな時
他人の行き交う姿が見え始める

2022.11.11

何で今頃？

暑かった夏も過ぎ、11月の半ばともなれば肌寒く、上着が欲しい。今朝庭に出たらアサガオ1輪、地上から僅か5センチメートルのところに誇らしげとは言わないが、寧ろ（むし）肩身が狭そうに咲いていた。行く秋をどう思っているのか。傍らには今夏咲き誇った親木の枯れ幹が立っていて、その種の落ちこぼれが命をつないで復活したのだろう。こぼれたといっても命果てることなく、吹き出した芽から花へと慌てて生きる様子は、誰の目に留まるのか。幸い私の目に留まって、その努力はこうして私の筆先に集中して、喜びを分ち合う。

朝に一瞬の出会いだったけれど、縁というのはこんな形でも現れる。

見っけた！命

目覚めて今朝は拾い物
花の命は野ざらしで
人にも填まる生きる理
栄枯盛衰　時経れば
その影いずこに？
記憶の残像に
まだ見ぬ未来が忍び寄る
それもいずれは
記憶の中に封印される
変わることの不思議さよ
生きていることの不思議さよ

そこに私が居ることの不思議さよ
その私が時の中で
形を変えて生きることの不思議さよ
そんな自分の存在の不可思議よ
変わることが生きるためのエネルギー
変わらぬことは屍（しかばね）
だから来る日来る日が喜びとなる
花の命よ　どこへ行く？

2022.12.9

ある食堂の張り紙から

セルフサービスの機械の上方に「お茶・お冷」と書かれている。見た瞬間に「おちゃ・おれい」と読みながら「おひや」と訂正している。一発では落ち着かない日本語だ。この張り紙の左の方に「きゅうり、人参、キャベツ、季節によって産地を変えています」と書かれているのも目についた。「人参」は「にんじん」と読めるが、表記の仕方は平仮名、漢字、片仮名のオンパレードだ。面白いけれど「にんじん」と書いた方が日本人には安心する気がする。平仮名で書けば一気リズムで済むところを、「人参」と書かれては、黙読だからいいようなものの、「きゅうり、じんさん、ん……にんじんという音声回路ができてしまうのではないか？　音読では恥をかくところだ。日本語は絵文字か？　「にんじん」にこの漢字をあてがった経緯は分らないが、理由はあるのだろう。「参」の字を「じん」と読ませるのは難しい。因み(ちな)に乗りかかった船だから、「参」を「しん」と読む言葉はあるのか調べてみたところ「参商」と「参星」が見つかった。星に関する説明があるがよく解らない。中国でのことかも知れない。深入りは止めた。「人参」は大抵の人が読めると思うが、これを見て「にんじん」と読める日本人は素晴らしくないですか？　漢字が絵文字化していて、楽しいけれど頭を使う日本人？　文字で頭がくらくらする日本語は暗号みたいなものである。それで漢字読み方クイズみたいなものが出てくる。言葉の意味ではなくて読み方を知るというのは言葉のねじれ国会みたいなものである。「出汁」「美味しい」なんかは、即座に読めないでしょうね？　「だし」「おいしい」と書かれた方が、ワンクッションなく読めるのに……。

文字の力

じんせい
人生
もれる音は同じでも
人生の方が刺さる
深い所に姿が見える
じんせいには姿が見えぬ
jinsei　は忘れたら思い出せない
思い出す術がない
単に音の羅列のすまし顔
生れて生きるのが人生
漢字を用いた言い方の職人たち
不器用そうだが漢字は
忘れても生き返る将棋の駒の如し
器用そうだがローマ字は

生き返らぬチェスの駒
日本人が意味なくローマ字傾倒になったら
気をつけろ

2022.12.12

ナイ・ルの乱れ

言葉遊びのひとつだが、赤旗を右手に、白旗を左手に持って両手を下げている。10人も居れば誘導役が第一声に「赤上げナイ」と言うと、必ず赤を上げる者が2~3人は居る。第二声で「白下げナイ」と言うと知らぬ顔している者が、これも2~3人は居る。年代別にやると何か傾向が見えるかも知れない。若い方は先走りが強いから間違いが多いか？年取ってくると鈍くなるから動作は緩くても間違いは減るかも？　まあどちらでもいいのだが、傍(そば)で見ていると馬鹿馬鹿しいけれど面白い。他人の失敗を見ることで、何と安らぎの時間を過ごすことができるのだろう。自分でやってみれば出来ないくせに、他人事には無意識の優越感が現れている。人間のいやらしい本性を見る側に於いて露骨に現わした楽しいゲームである。最後まで聞いて判断するというのは瞬間を切り取るスリルがある。ところが実用的な生活の中で、スリルだけでは済まなくて焦る場合がある。

プラットホームで電車を待っていた。案内放送で「列車が参ります。次の列車は……」放送する方は出来上がったイメージで話しているからすらすらと違和感なく、駅名を5～6個並べて言ったのだが、私は流し聞きしていた。その案内放送の最後に「……には止まりまセン」だと。私の降りる駅は含まれていたのか？　こういう場合は初めに「止まラヌ駅を申し上げます」くらい言ってもらえると有難い。案内放送された駅の最初の方は憶えていない。私の降りる駅は果たして止まるのか、素通りするのか？　年寄りに優しく、分りやすい日本語を使ってもらえないでしょうかね。こうしたことは年取ってこそ見えることかも知れないので、気が付けばどんどん言う人が増えて欲しいですね。ほんとに!!

人の振る舞い

言わず、見せずに
ありのままで過ごしてる

秘めた宝物
それがために汗流し
「白上げ……ナイ」
と確認しつつ

2022.12.15

人情話

誰もが知っていると思うけれど、私が学生の時に憶えた格言のような言葉に「なせばなるなさねばならぬ何事もならぬは人のなさぬなりけり」（上杉鷹山らしい）というのがある。最近、チェーン食堂に入って食券を買おうとした。あと50円多く出せば生キャベツが付く。どうしようか。発券機の前で少々考える。そんな時、この言葉がよぎった。「出せば出る、出さねば成らぬ何事も、出せぬは人の出さぬなりけり」。50円に頭を悩ませている私は別にその日暮らしをしているわけでもないが、結局成らずじまいでキャベツは断念。

ところが食事をしながら何故か「出せば出る……」という言葉が頭にやたら出てくる。

キャベツに後悔していたつもりはないが、同時にこんな風景も見えた。満員電車の中で腹にガスが溜まった人が居て、そこで「出せば出る、出さねば**鳴らぬ**何事も、**鳴らぬ**は人の出さぬなりけり」。急に話が落ちてかたじけない。昔の満員電車は筆舌に尽くし難いが、私は一度そんな電車の中で、「出せぬ」をこらえきれなくて、もろに成した人が居たのをはっきり憶えている。私ではない。そんな時人は無口になる。そしてきょろつく人、ちょっとうな垂れて何かをこらえているような人。犯人探しでもしているような電車内。袖触れ合うも何かの縁とはよく言ったもので、人は人を責めたりはしない。近年の電車事情はそれほど混んではいないだろうから、これは偲(しの)ばれる人情話であり、懐かしい気もする。皆が認め合っていた時代だった。私は当時を今に引き継いでいる。この今が未来のいつか、素晴らしい思い出となるように、この瞬間を一生懸命皆と仲良く生きることが大切だとしみじみ思う。

　たまたま「出さぬ、出せぬ」という事態に遭遇し、変な結末に至ったが、この行為を敷衍(ふえん)すればいろいろな場合に当てはまる。たまたま満員電車の場面だったが、別の情景だってあっただろうに。（語り）出してしまったものはもう引っ込めるわけにもゆかず、こんなふうに晒(さら)すことになった。あの時の今だったことが、今の今になってしみじみと思うかどうか……分らないけれど、こうして書いていながら「プフッ」と笑うのは、過去と臭(くさ)れ縁で繋(つな)がっていて皆が仲良く生きてきたからなのかも知れない。このことを後に引き継ぐことはないけれど、別のことで皆が仲良く生きる証を未来の今に思い出させる生き方をしよう。

今を引き継ぐために

あの時が一番幸せだった・と思う今
時を移して
この今が一番幸せだった・と思う未来
のある日を考えると
この瞬間を感じる事が
掛け替えのない今

2022.12.17

子供の遊びから

私がまだ小学生の頃流行(はや)った遊びに、名前は忘れたが、「じゃんけんぽん」、勝った方は「キミはボクのデッシ(弟子)」、負けた方は「ボクはキミのデッシ」と言う言葉の掛け合い合戦があった。キミとボクを間違うとその戦いは終わりとなる。乗ってくると語調が早くなる。女子は最初から夢中になって、キミもボクも男言葉だが、そんなの関係ない。まあ、夢中でやり合った。懐かしい。今では「最初にグー」とか言って始めるが、当時はそんな音頭取りの言葉は無く、最初からじゃんけんぽんでリズムは取れた。ザ・ドリフターズという笑劇グループが出る前は、じゃんけんは生(き)のまま開始だった。子供の世界だから面白くも、可笑しくも見ていられるが、これを大人の世界でやられたらすぐに社会問題となり、目聡(めざと)い週刊誌が飛んで来るだろう。親分と弟子の関係はどの社会にもあるけれど、公式の場面で「君は僕の弟子だから……」なんて言えない。せいぜい無礼講の宴会で、社長、部長、係長、平……などが集まって、このじゃんけんをやれば面白いかも知れない。平が社長に対して、「キミはボクのデッシ」。気持ちがスーッとするだろう。じゃんけんで主従関係を主張する。瞬間の憂さ晴らしだが子供の遊びも悪くない。

ところで今の子供はスマートフォンばかり見ていて、そんな遊びはまずしないだろう。小学校の現場を見ていないから何とも言えない。何もない頃は、子供はいろいろと知恵を働かせ、退屈な時間はなかった。外でたくさん遊んだ。こんな風景を今でも見てみたい。路地裏で遊んで騒いでも私ならうるさいと言って叱りはしない。私も一緒に仲間になって騒ぎたい。年寄りの冷や水といって笑われることは承知だが、骨の1本や2本折れたって、構わないとは言わないが、いろいろな世代が集まって何かをしている風景は想像するだけでも胸が躍る。今は世間もピリついているようで、子供も可哀そうだ。スマートフォンにかじりついている今の風景は……、今後半世紀も過ぎた頃、今の子供たちが大人になって懐かしくこの風景が見たいと言うだろうか。もし見たいと言うならば、その頃の景色はどんなに非人間的になっているのか恐ろしくさえある。子供は知恵の宝庫である。その宝を大人は、自分が持つ知識を捻り回し、便利さに変える余り、子供の大事な何かを見落とし、誤ってはいないか。そんな大人もかつては知恵ある子供だった、のに今は……。私もそんな大人になっているかも知れないが、時間というのは、いたずらか、謀略か？

時間の中で

たまたま山に落ちたひとしずく
じゃれ合いながら水脈をなし
川となり海に到る
そこは水滴の寄せ集め
手に取る一滴は
あの山に落ちた
ひと粒の宝滴
惜しいかな輝かず
波のまにまに揺れている

2022.12.23

満ちる感

若い時に言うことならば、こいつは芯のある奴だと期待もされようが、今さらながら結果を美化したような言い方は言い訳のようにも響く。ご寛恕(かんじょ)を請いつつ……。

地位も名誉もなく、金も生活できる程度にあって至極嬉(うれ)しい。大衆食堂でうどんを食べながら私は思う。金はないよりある方がいいが、それほど欲しいとは思わない。山の中で一人で生活している人が、都会の金持ちより満足気分であるかも知れない。仙人のような生活は望まないが、霞(かすみ)よりは旨い食べ物を食べたい気持ちはもちろんある。年中旨い物ばかりではうまさが常態化して旨くない。それに食べる喜びがなくなる。そこに良き仲間がいて会食すれば本当に楽しい。私は極めて俗な人間だと思う。こうして好きなことを書いて快くしていること自体、平和なのである。誰にお礼を言ったらいいのか？　体の中のどこかで「ありがとう」と言ってる。これって説明できないんだよ。感じる事なんだよ。

ファミレス

いつもどこかに家族連れ
私はいつもひとり連れ
飲み慣れた赤ワイン
娘の顔を思い浮かべて
何とか日を送る
傾けたグラスから
憶えある声
幸せ評価の無い孤独
だが突いて出る言葉は
ありがとう 乾杯
娘に　姉に　父に　母に
声出なければ潤(うる)む目
思い出が一気に集まる

2023.1.4

ウクライナ・ロシアはどうなる？

連日ロシアのウクライナ侵攻が新聞記事に大きく取り上げられる。ウクライナ人の悲惨な様子を知るたびに涙が出る。哀れさと腹立ちは誰もが感じているはずだ。私は戦争を経験したわけではないが、戦後の食糧難と生活風景は体験しているから、今となっては人の痛みを知ることができる人になれたかと思う。人の苦しみを涙で受け止められる自分がいいと思うけれど、ウクライナ人は今はそんな余裕はない。戦争当事者からすれば慰めごとにしか映らないし、こちらの気持ちだけでは何の解決にもならない。どうする？　もう民間レベルを超えているから、政治に期待するけれどどれも怪しい。どこか宇宙の星から敵がやって来て、地球防衛となれば地上の戦争なんかすぐに終わって、人類が一つの集団になって一致団結ということになる。こんなＳＦの世界に入る前に、争うことの大馬鹿さを誰にも徹底的に洗脳することが一番だ。これだって皆が分っていることだ。一番賢いのは、自分の国は核を放棄するから、貴国もそうしないかとひとこと言ってみることだ。不信感のかたまりが現実だから、人間の悪質を変えない限り解決は不可能である。多くの宗教があって、目標は同じはずなのに争って殺し合っている。教えが間違っていないか？　大体宗教戦争なんていうのがあることがおかしい。戦争を除けば解決は簡単である。無関係の者を意味なく殺し、晒すのは思考力ある人間のすることではない。

これから戦争が解決する方向に向かってゆくのは当然だが、その時にウクライナの人々が立ち向かわねばならない現実を、私の経験から思い起こしてみたい。

まず食料の不足である。日本は米が主食だけれど、私が物心ついた時は米は配給制で国の管理下にあった。当然不足を補うには、粟やコーリャンという何かパサパサした穀物や、時々手に入るさつま芋があった。それも近所の農家に頼み込んで、金が無ければ衣類と物々交換したりと大変な思いをしている母親の姿を憶えている。何もない時は母に手を引かれ、もちぐさやのびるを摘みによく出かけた。それがない時は、さつま芋の根を取り払ったもう不要の蔓を拾ってきて食べたことを憶えているが、この味は憶えていない。本来の食料ではないから、記憶も薄いのであろう。それから今でもあるザラメという砂糖をおたまという杓子に入れてそれを湯で煮たて、泡立つ頃に重曹を加え、膨らませ、割箸でそっとかき回しながら最後に中心の所で箸をさっと抜く。カルメラである。カルメ焼きと呼んでいたが、箸を抜く時に大体は膨らんで終えるのだが、私の作ったものは凹んだ。失敗が多かったが味に変わりはなく、いいおやつであった。名前からしてもこれは洋風菓子だ。今でも駄菓子屋で見ることがある。米なんかは皆が無くて困っていたから、ここでは話題にしても意味がない。芋茎（ずいき）というのをご存じだろうか。甘辛く煮つけたおかずで、こりこりして、歯触りも良く、随分食べた。本来ならサトイモだから根を食べるところだが、私たちは茎を食べた。食べられるものは何でも食べた。今では食材に芋茎というのは聞かないが、懐かしい味だ。ある時見慣れないものが汁の中に入っていた。確か母は芋の蔓だと言っていた。味噌汁ではなく、すまし汁の中に浮いていたが、美味しかったという記憶はない。当然、芋の蔓は廃棄物だから、商人はそれを売ることまではしなかった。それでは主食の米の代わりは何だった？　先にパサパサした穀物と触れたが、コーリャン、粟、稗（ひえ）。決して美味くはなかった。今はこの食材は何に使われているのだろうか。粟とか黍（きび）というのは、桃太郎が鬼ヶ島へ行く時に、黍団子を持って行ったというから昔は大手を振ってまかり通った食材だったのだろう。戦後の食糧難というのはとにかく大変だ。ウクライナの人たちのすぐ先の未来が見えるようで居たたまれない。

当時の遊具も、物が無かったから自然の何かを利用して、工夫したものばかりであった。棒きれでチャンバラごっこ。嵐寛寿郎（かんじゅうろう）の〈鞍馬天狗〉なんかは憧れた。池に松の葉を浮かせてそれが水面を走るのを競わせた。針のような葉の付け根には油が付いているので水に浮かべると葉が動き出す。夜中にクツワ虫を捕まえに行ったり、田のあぜ道に沿って流れる用水路をせき止めてかい掘りをして、魚やザリガニを全捕獲。これは楽しかった。何がいるか分らないというのは胸が躍る。木っ端板を使って〈落とし〉を作り、スズメをよく捕まえた。野生の鳥というのは人になつくのは難しく、自然のままがいいのだと教わった。好きな相手はちょっと距離を置いて見ているのが一番うまく行くのだと……？

時々自転車に乗って紙芝居が来た。いつもの爺さんが来ると、大太鼓をドドン、ドドンと打ち鳴らしてその辺を歩きながら知らせる。子供が集まってくる。私は小学生で楽しみにしていた。自転車の後部に据え付けた木箱の一面が開いていて、そこに数枚の絵を滑らせて、その爺さん活弁よろしくせいぜい2分位。それで一幕終了。「次回をお楽しみに」と言って終わる。集客数は5～6人。ただ見はできなくて、最低5円の水あめを買わなければいけない。紛れてただ見をしていると、爺さん怒る。子供は仕方なく黙って帰るが、双方にそれなりの理由があるからどちらも責められない。私は母から5円もらって見に行ったものだが、割箸の先につけてくれた水あめを、箸2本で捏(こ)ねていると白濁してくる。それがまた面白くて必死に捏ねたものだ。周りに何もないというのはそれなりに人は考える。日本人はこうした光景に逆戻りすることはまずないだろう。一旦何かを学ぶと人はそれ以下のことは回避するからだ。でもそれは何かを学んだ場合であって、学んでいない時には70年も前のことが現実に起こり得る。親の苦労も知らずに、面白いと思ったのは、ポン煎餅屋が来て、路上で焼いて売ってくれたことだ。熱くなった鉄板の中の米が破裂するポンッという音が今でも耳に残る。縁日では「やまがら」という小鳥が、籠の外でおみくじを引いて占う見世物があった。よく逃げて行かないものだと子供心に不思議だったが、飛べないようにどこかの羽根を切り取ってあるという話を別の機会に聞いた。鳥も人間も楽しんでいるようだが、それは人間の捉え方次第。鳥は生存権を侵害されている。猿回しというのもよく見た。実際面白い。今はまず見ない。これも共存というより、搾取だ。人は生きるために生き物をいじめてきたが、戦後はとにかく無理を承知で生きざるを得なかった。こうした話はいずれ話題にもならなくなるだろう。時代の流れと言ってしまえば仕方ないのだろうが、今思うことは戦後の人情は厚かった。だが今は人との触れ合い、感じ合いが無くなっているのは確かだ。良し悪しはさて置いて、その原因は物社会が先行していることにある。別の戦いが始まっている。

ウクライナとロシア。戦後はやがてやってくるけれど、その時は必ず人の精神力が物質力を凌駕（りょうが）する。その時の苦しさは戦争体験者がよく知るところだが、私は子供だったからその苦しさを中途半端にしか語れないけれど、当時の親は相当な思いで過ごしたことは間違いない。これで今ウクライナの戦後のことを思うと、私の体験のイメージと結びつく。ヨーロッパの穀倉地帯と言われているから、復興も速いと思われる。だが物は与えられても、心の痛み、恨みは消えない。戦争なんかしてはいけないのだ。と分っていても人は争う。結局は物の取り合いが原因だ。物も欲も名誉も永遠に続くわけではないのに、どうして人は欲張るのか。戦争するなら戦争ごっこで、兵士だけの撃ち合いでいいだろう。どこか地上の無人の広い空き地に、戦争競技場でも作って、そこで勝敗を決めればいい。何でも経験だ。一度銃で撃たれて死んでみるとその馬鹿馬鹿しさが分るだろう。それからでも遅くはない、ん？　何故何も知らない民間人が殺される。今の戦争は明らかに犯罪だ。ロシア人の中にはこの戦争に絶対反対している善意の人たちが多くいると信じる。では誰が悪いのか。みんな分ってる。あの人たちだ!!!

功績が大罪へ

太陽が生まれて数億年
地球が生まれて数億年
ゆっくりと　ゆっくりと
時が過ぎ……
やがて人の好奇心が発露し

必要に駆られれば悪に転化
今問いただすべきは
人の無謀な知の席巻
何も言わせぬ物的侵略
便利な武器
不毛の大地に人が立つ
腹減らし衣服奪われ
愚直止まらなければ
小利口が過ぎて自滅
それでも陽の当たらぬところに
流れる泰然の姿
今同胞を案じる異常
人の愚かさが
次から次へと暴露され
先見えぬ世間の喜ぶ波に乗り
一時の福音に邁進し

だが付けは遅れてやって来る
進歩どころか後退の今

2023.1.6

日本人が日本語に疲れてる？

　先日コロナワクチン接種のために病院に行った。打つ前に医師が何か薬を飲んでいるかと聞くので「アプリ以外は何も飲んではいません」と答えた。医師は「ん、それなら問題ないです」と言って別室を指示し、そこで看護師さんに接種してもらった。後で気が付いたのだが、あれはサプリと言うべきだった。煩わしい外国語もどきだか、いや日本語もどきだか、よく分らぬ言葉が多すぎる。あの時、医師は承知で受け流したか、気が付かなかったのか。もうその位のことはどうでもいい鈍感な時代になったのか。気楽でいいが、淋(さみ)しくはありませんか？　言葉が素通りして行くこの現実は、淋しくありませんか？

日に日にカタカナ語が増えている感がある。海外と関係のある仕事に於いては外交上必要な言葉が日常化しているのは分る。だがそれが我々の日常に入ってくると頭がついてゆけなくて、返答に困ることがよくある。私が聞いて、解るけれど、自分から話そうと思うと出てこない言葉のひとつに「コンプライアンス」がある。どこかでは盛んに使われているのだろうけれど、これを「法令遵守」と言えば殆どの日本人は解るはずだ。新聞を読んでもカタカナ語を辞書で調べながらというのは報道の意味がない。言葉によっては訳語を付加してもらいたい。現代日本人は言葉で相当負荷を強いられていることは間違いない。私は外国語を専門としているが、カタカナ語の普及はすべての日本人に対して決して有効ではない。せいぜい俚言(りげん)程度に普及させておきたい。漢字、平仮名、片仮名のうち、今はカタカナが元気だ。

馬鹿で止めておけばいいものを

情報化の時が来て
人は選択を余儀なくされて
捨てよ　払えよ　諦めよ
それができずに抱え込んで悩む人々

便利の裏で張り合う心の過当競争
うわつらの賢さが
ドヤ顔ひけらかして闊歩(かっぽ)する
そんな中で人の絆が結べない
やがて人間不信がやって来る
気が付く人が多いはずだが
何も言わない
本当の賢き人達
人の浅はかさが時経るにつき
益々の呈を成す
人は頭が良くて愚かに向かう

2023.1.7

自己点検

つくづく自分が嫌になったと言う人が居る。本当に嫌になったのか？　それなりの理由があるとは思うが、分らぬ行動をする。歩いていて目の前に電柱が現れるとさっと身をかわす。自分が嫌ならこんな時、避ける必要があるのか？　まだ自分が可愛いんじゃないか？　酔っぱらいと同じだ。酔っぱらいだって文句を言っているけれど、自分を放棄しているわけではない。以前に終電間近の電車に乗ったが、車内に立ち客は居らず、客はまばらであった。私の前に酔っぱらいが座って居た。泥酔しているようで、何やら盛んに文句を言っている。かと思ったら内ポケットから財布を取りだして、「ほら持ってけ」と言って通路に投げた。目を財布から離していない。私はじっと見ていた。そのへべれけ親父はどうしたか。自分の片足を伸ばしてその財布を持って行かれぬように足で押さえた。こいつ正気で酔ってるなと思ったら可笑しかった。相当言いたいことがあったのだろう。自己嫌悪の人もこれに似ていないか？　自分に対して胸糞悪いと思っても、腹が減れば食べる。嫌な自分に食事を与える必要はあるのか？　それって人は自分が一番可愛いからでしょ？　究極に於いては自分を捨てるなんてことはしないのが人間。捨ててしまうのはもう体が空き家状態で、悪魔が忍び込んでいるのだろう。自己点検を誤って、異次元の世界で自分が一番と思っている人も居るようだ。評価は人が下すもの。自分で下して何となる!! おかめ、ひょっとこに付加価値がつくのか、それとも更に削減価値が発生するのか。人は際どい環境で自己点検を余儀なくされて生きている。それに気づかぬ人が多くなっているんじゃ〜ないか?

はなはだしき誤解

学生　先生、私卒業前にパリに行ってきます
教師　パリは気を付けて
　　　きれいな女性には男が近寄って来るから
学生　あら、どうしようかしら?
教師　ンンン……（現実との乖離(かいり)）

2023.1.8

自分目線

もう45年も前のことか。はっきり思い出せないほど時は過ぎた。しかしよく憶えていることがある。スペインのバルセロナに行った時の事。ミロ美術館が出来たばかりだからと言われて、どのように足を運んだのかは全く記憶にないが、とにかく小高い丘の上の建物に着いた。白い壁が青空に映えていたように思う。入り口から中の様子は鮮明に思い出せる。入り口を入り、5~6メートル進んですぐ右に折れた所に6号位の額縁がかかっていた。絵がない!! ガラスは嵌(はま)っていたが、額の中に親指の先位の石ころがひとつ糸で吊るされていた。そこらに転がっている石ころだ。よく解らなかったが、面白いと思った。こうしたアイディアは私にはまずないが、ミロには何かあったのだろう。これなら私にもできそうだと自信が湧いた。その先へ行くと真新しい床の上に、何やらゴミ捨て場から拾ってきたような、破れてカビの生えた古い皮靴の片方。無造作にゴミと一緒に捨てられているる。ん? それとも計算されて並べられている? およそ2メートル四方に集中しているのだが、その周りに人だかりがして、皆黙って何かを悟ったような顔をして動かない。こんなゴミ捨て場のようなものを見せるためによくぞこの立派な美術館を建てたものだと、そっちの方に気が向いた。私は訳が分らなくてすぐに立ち去る。その脇に１００号位の白いキャンバスが立てかけられていた。ところどころ焼け焦げて穴が開いている。ライターで燃やしたようだが、私は訳が分らなくてすぐに立ち去る。そこも人だかりがしている。動かない。ミロ、ミロと言うから見ようと思っても、これなら自分でもすぐできるからという浅薄な気持ちが勝って、結局すぐ立ち去ったが、強烈な印象は残った。優れた芸術家は決して褒められたい感情を他人に引き出させようと努力してはいないということなのか。自分に素直なだけで他人を意識してなんかいないようにも見える。いや、気を衒（てら）っているようにも見える。作品の良し悪しは自分の趣向を軸にして云々（うんぬん）するから、絶対的に優れた作品というのは本質的にないのかも知れない。単に皆がいいと言うから良いだけなのかも知れない。芸術評価は感性の共有集団の大小によるから、良い作品というのはそうした集団の数だけあることになる。ミロもそのひとつであることには間違いない。私はモネが好きだが、モネ集団は大きい気がする。私も絵を描くが、私の作品はひとり集団で、いつも自分一人で眺めてる。これは芸術家とは言えない。

生きてる空間

八十前にして人を知る
そんな気がするような……
その人たちは極く平凡な
目立たぬ所で息してる
我がまま言わぬ訳がある
真実を知っていて
言わぬがゆえに心は高尚
不出来な輩の無神経
周りが黙って耐えている
普通の人が居ることに
心安らぎ今日の日が過ぐ

2023.1.12

縦文字・横文字草書体

外国語に接すると、横書きが当然という気持ちになる。日本語は本来縦書きが自然なのだが、横書きでもまあ違和感はない。外国語を縦書きにしたらどうだろう。yes とか oui を縦に並べたら読みづらいし、通用しない。てんで物にならない。そういえば日本語はそのことを文字にできる不思議な言葉だ。「、物」と書けばよい。私が子供のころに流行った言葉遊びだ。「。話」なんていうのもあった。んっ？　なんて読むかって？　マルで話にならんっていうけれど、時代遅れも甚だしい。

ところで横文字を書く時に外国語の場合、今の若い人たちは筆記体を読むのに苦労して、活字体で書いてくれと言う。それじゃ外国人の手紙なんか読めないだろう。彼らの書く書体は筆記体には違いないが、私にとっては横文字草書体である。甚だ読みにくい。でも彼ら同士は理解できているのだから不思議だ。文字の上手・下手は関係ない。言い慣れた表現に近い言葉が出てくると、それに当てはめて理解しているとしか思えない。日本語だってかなり軌道から外れた文字が並んでも、状況が分れば平気で読む。文字は心で読めばよい。ただ草書体となると、日本人でも読めない人が多いのは、私の体験からしてもはっきりとしている。中には草書体を更に崩したように書く人もまれに居る。こうなると別の世界の話だ。草書体は字がうまいのか。芸術なのか。はたまた下手の極みか。外国人の筆記体は行書と思えばいい。草書もかなり多い。横文字の草書体は芸術からは程遠い気がするが、これは書きたくて書こうという気持ちが伝わってこない。これに対して日本語の草書は何やら込めた気持ちが感じられる。例え意味は分からなくても!!

物書きの際に毛筆を使うとなれば、縦書きと決まるけれど、縦書きにしても横書きにしても、双方の書き手の中には個性を臆することなく曝け出し、そのまま草書に終始する人も居るとお見受けする。私はどうか？　立派なことは言えないけれど、心を込めても筆が思う方向とは別の方に動いてゆく。これも個性と思って甘受している。いやはや何と申しましょうか、文字は体を表すようで……。

文字を追う（読書）

夢中になったその時に
一つ何かがざわめいた

感化されて損失？
感激して成長？
文字は巧みで旨き毒薬
文字は乾いた心の気付け剤

2023.1.13

医師の立場と患者の立場

私の家の近くの病院だが、その前を通るたびに、姉がずっと前に私に言ったことを思い出す。もう25年以上も前の出来事についてである。姉が母を連れてその内科病院に行った。診察室に入った。医師は姉に「手を見せて」と言って姉の手に触り、表・裏を見てから「それでは胸を開けて……」。姉が驚いて「いえ、私ではないんです」。医師は「ああ、そう」とか言って母の診察に移った……ということを聞いた。「あの医者は、エッチなのよ」と姉が呆れ顔で話していたのを思い出す。医師が年寄りだったから話は比較的穏やかに事無きを得たが、もし若い男の医師だったら話は別となる。胸を診察する時に、生唾（なまつば）なんか飲んだら……という情景を想像するだけでもうコメディーである。でもこれは現場ではあり得ることではないだろうか。診察する方もされる方も、病以外で緊張しているのが病院か？同じ体を扱う前に男と女の性（さが）がある。医者というのは大変な仕事だと思う。表情ひとつで信用に関わるから、常に無表情でなければならない。決めどころでニヤリとしたら、アウトだ。ということは医師は精神的に自己を抑えつけることが人一倍だから普通人より表情は乏しいかも知れない。それが日常に持ち込まれると〈むっつり何とか〉と言われる。何も私がここで医者の気持ちを代弁しようと試みても意味はないか。或いは私の考え過ぎか。とすると私がその何とかという立場に追い込まれる。だが私は無表情で自己を抑えつけることはできない性質だからと言って自己弁護するしかない。

今はまだ男性医師の方が多いから、女性の患者はどこかに抵抗感はあるだろう。これが反転した場合、男性の患者は困るのか、喜ぶのか？　難しい男女の感覚である。女性医師が分別無き男の患者をビシバシとやり込めて治療してくれる日が来ることを期待する。

気持ちのすれ違い

男の欲するものは何？
女の欲するものは何？
異性ゆえにかみ合わぬ？
それでも引き合う男と女
僅かの合意で結ばれて
現実ははかなく崩れ去る
夢と幻の中で
時を稼いで生きている
それでもまだ男と女

2023.1.14

山寺の和尚さん

　ある時何かのきっかけで「かん袋」という言葉が口を衝いて出た。「堪忍袋の緒が切れた」ということからの連想だったかも知れない。「かん袋」というと「山寺の和尚さん」の童謡を思い出す。子供の時はどんな袋なのか分らぬまま歌っていたが、その「かん袋」が気になって調べると、単に「紙袋」[kamibɯkɯɾo] の [i] が音脱落しただけの語であった。コロナウイルスで知った言葉だが、「紙袋」の変異株と思えばよい。瓢箪から駒ほどではないにしても、堪忍袋から紙袋？　だった。

　それで「山寺の和尚さん」の歌を歌ってみると、「猫をかん袋に押し込んで、ポンと蹴りゃ……」と自然に言葉が続く。今まで何も思わなかったけれど、猫いじめではないのか？　ネットで見たら私が思うより様々な議論が展開されていた。便利な時代になった。ある解釈では、これは風刺ということだ。いずれにしても猫虐待か風刺のどちらかだろうが、ポンと蹴りゃギャーと鳴くとすると、これは明らかに虐待だ。今、何処かの山寺の和尚さんがこんなことをしたら、ＳＮＳで話題になるだろうし、週刊誌が黙っていない。時代の流れに逆らおうとはしたくないが、動物愛護の連帯感はとても良いとして、他方において遊び心がなくなる。猫には申し訳ないけれど、ちょっと目をつむっていてもらえないか？　山寺の和尚さんは、人里離れて淋しくて、ストレスが溜まっていたのだろう。

童謡には裏話が多い。大人の世界を捩り、童謡風にしているが、それを子供の時は何も知らずに声をあげて歌っていたのが懐かしい。今聞けば別の世界が見えてきて、そんじょそこらで声出して歌えたものじゃない。今は世間が敏感だから、童謡はどんな具合に継続されているのだろうか。家庭で子供が童謡を歌っている姿が想像できない。幼稚園で歌われる歌はどんなものなのだろう。小学校ではどうだろう？　私が小学生の頃は、皆が演歌や浪曲なんかをよく教室で響かせていたものだ。家では何でも歌ってた。親も何も言わなかった。というかそれほど皆が敏感ではなかったし、そこまで考える時間も余裕もなかった時代だったのだろう。

大人で童謡

子供心で歌う童謡
大人になって歌う童謡

同じ歌に時経て動揺
逸話ありあり大人で童謡

2023.1.18

許可か不許可か？

世の中ギスギスしていないか？　この閉塞感の中で選択の問題が起きた時に、解決するのに良い方法はないか？　考え始めていく年月ぞ。そんな事を毎日思案している私ではないのだが、例えば個人的に、今日は美味しいものを食べようかという時に自分に挑む。「許可か、不許可か？」と三回続けて言ってみる。成功すれば「よしっ！」という具合だ。それでわざわざ高級料理を食べるわけではないが、いつもの日本酒純米の一段上の純米吟醸を注文する。さらっと言えた時は、純米大吟醸となる。その時の体調によって、呂律（ろれつ）が回らないことも多く、大体は純米に落ち着く。今は呑気にしているが、これからが心配だ。旨い酒は続けて飲みたい。練習の日は続く。許可か、不許可か……？

是非を考える場は世間ではよくあることだが、双方にそれなりの理屈がある場合、こんな時は相手に対して「許可か、不許可か、不許可か、許可か？」と言って迫ればいい。相手はこれに対して、その言葉を三回続けて言えれば許可にするくらいの余裕が欲しい。それならと顔を歪めて頑張るだろうが、まず失敗するだろう。互いに笑って終わりとなれば恨みっこなしだ。これが穏便な解決法かも知れない。例えばある会社で、制服着用という上からの指示に対して、不満社員は必ず居る。そんな時、この言葉を公開の場で三回すらっと言えたなら、制服着用しなくてよいというようなことがあってもよいのではないか。双方勝っても負けても恨みっこなしでいいではないか？　定めた不着用期間が過ぎればまた顔を歪めてやればよい。ところで呂律が回らず失敗して、「それなら貴方もやってみろ」と楯突かれたら管理者であれば受けなければならない。管理者だって同じ人間だから失敗するに決まってる。そこで苦しい弁解をする。「私もとちった。だから不許可だ」。皆が笑った。何だか分らずに険悪ムードは回避されて、一件落着。先のよく見えない話というのはあるもんだ!!

皆が「許可か、不許可か、不許可か、許可か？」を繰り返しながら、勝利を勝ち取る努力をしている姿に、暗い状況は想像できない。双方が腹を抱えて笑っているのは想像できる。選択という問題が起こった時は、一方からだけの主張は許されぬ。これは不許可というもの。

高齢者だと？

時経れば高齢者にさせられて
急に放り出したかと思えば
介護という言葉をちらつかせ
健康人の芽を摘み取って
忌まわしい先導者よ
何を基準に高齢者？
実年者でも熟年者でも事足りるのに
許可か　不許可か？

2023.1.24

母と子

　昼間の電車内は客も少なく、空席が目立つ。私の右隣から2~3席離れた所に母親と子供が座っていた。子供はやっと歩いて喋（しゃべ）ることのできる程度の男児。窓外に見えた電車を見て「あっあっ」。母親が「同じ電車ね」と言うと、子供は真似して何とか言っている。母親は「そうね」と言って解ってる。私にはよく聞き取れないが「あなしゃ」と聞こえる。言葉の初めと終わりを繰り返しているようだ。その頃の子供にはまだ「お」の発音は難しいようだ。親子だけの関係で始まる人の一生というと大袈裟（おおげさ）だが、そんな様子を垣間見（かいまみ）た。一瞬の会話風景だったが、子供には親の語りかけが大事なのだということを思い出した。道行く母と子の会話は時々目にし、耳にする。母親が子供の言うことを何でも聞いてあげている。優しい言葉で語りかけている。子供が安心しきったように母親の目を見て話しかけている。そんな風景を見て私は思うことが多すぎて、涙が出てくる。この子はきっと優しい大人になるのだろう。子供に対する言葉の教育はこの時からもう始まっている。

　私と娘の付き合いは小学校にあがる前は、日曜日無しの二人の散歩だった。動物園、公園、釣り、そして、そこらじゅうを散歩した。私はベタベタに可愛がるのが好きで、子供にとってその記憶は終生続くと思い、力を尽くしたが娘は何も憶えていないと言う。親爺の存在は母親に比べれば大したことはない。親爺冥利に程遠いのが人生かも知れない。

私の父はベークライトでボタンを作っていた職人だった。ある時、「うさぎとかめ」の童謡を教えてくれた。「もしもしかめよ、かめさんよ、せかいのうちに、おまへちょこ、あゆみののろいものはない……」。子供の私でも意味は解ったが、一か所だけ何だか判らない所があった。「おまへちょこ」って何だ。母は笑いながら「全く何を教えているんだか」と呆れ顔で「おまえこそ」と教えてくれた。教育は母にありか？　子供が頼るのは母なのか？　私は小学校一年の時、まだ「りんご」と言えなかった。「ぎんご」と言っていた。級友に笑われた。「きりん」は言えたが、「りんご」で苦戦した。その時何度も繰り返して教えくれたのが、増田さんという女子だった。きっといい母親になって、今ではたくさん孫がいるかも知れない。母親の話しかけは子供には絶対に必要なのだ。あの日見た子供のお母さんは優しい人に違いない。本当にいい瞬間に出会う時がある。私はそれを大事にする。

聞く

ざわざわを聞かぬふりして
最後の紅茶を口にする
友の声がその辺に
まごつく心は虹のように
このざわめきを色づける
思い錯綜(さくそう)する中で
わからぬままに
ありがとうって言ってみた
私　生きている

2023.1.27

馬鹿……しさが止まらない

四角い眼鏡をかけている人が居る。眼鏡づくりの時に、焦点を合わせるのが難しいのではないだろうか？　素人だからその辺は推測だ。もし私の心配するように、そのためによく見えないとしたら、その人の目が悪いのではなく、眼鏡がよくないのである。それでその人が、何故良く見えないのだろうと疑問に思ったとしたらしたら答えは簡単。世間ではよくあることでそれは「しかく障害」……とか。回答は速かったが結果も速く、馬鹿らしいと言って笑われる。馬鹿を承知で宣（のたま）っている私は、暇な時間をうまく利用しているのか、することがなくて赤恥を晒し、更に上塗りを重ねて塗ったくりまくっているのか？　そう思いながら筆を走らす。とにかく頭の中では混沌としたものが言葉と共に飛び交っている。他の人はどうなのだろう。

調子付くと手が自然に動いている。今は頭髪の色が多様で、茶髪や金髪をよく見る。誰もが「……ぱつ」と言う。黒髪は何故「こくぱつ」と言わないのか？　紫髪は？　緑髪は？　しぱつ、りょくぱつとは聞いたことがない。辞書にも出ていない。ところで男子が髪を栗（くり）の毬（いが）のように逆立てているのを時々見る。顔を見れば若くて、時にやんちゃそうで、同時に髪は天を衝いているようだ。あれは怒髪(どはつ)というのではないか。髪をいじる楽しさは、人それぞれだろうが、それ以前に髪の無い者にとっては楽しみが人よりひとつ少ない。更に禿頭(とくとう)には天を脅かすだけの髪力(ぱつりょく)がないし、気持ちも萎(な)えてしまっているかも。女性には解らぬ髪頼みかな。これでまた笑われる!!

自己紹介（実話）

——私、小島と申します
——私、仲間といいます
——ああ、沖縄の方ですか？
——はい
——同じ名前の女優さんが居らっしゃいますが……
——はい、皆様に大事にされております
——有難いことで……
——えっ、妹さんですか？

――いいえ
――お身内のように伺えますが……
――はい、仲間なもんで……

2023.1.29

話し出したら止まら……せる

年を取ってくると固有名詞が出てこないという声をよく聞く。私もいつのまにか人並みに歩調を合わせながら日々をやり過ごしている。今でも思い出しては冷や汗をかくことがある。学生を前にして講義をしていた頃、気分転換のために余談を始めたのがいけなかった。あるところで止めておけばいいものを、話し始めるとつい先のことも考えずに深みにはまる。大事な人物が出てくる。だが名前が出てこない。不安を感じながら、内心焦りながら、話を続ける。そんな時、慈悲も遠慮も何もない学生が話の腰を折る。「先生、それ誰のことですか?」。嫌な学生が居たもんだ。やられたと一瞬怯(ひる)むが、分らないとは言えずに「私も今、それを思い出しながら喋ってる」と答えるしかない。言う方と聞く方の間に微妙な理解の溝ができるのを肌で感じながら、話を終える糸口を模索するが見つからない。途中で思い出せれば大成功だが、そんな時は気が萎えているからまず無理だ。思い出す時間をもらって考え込むようでは逸れた話の意味がない。学生にとっては気の抜けたビールを飲まされているような気持ちだろう。あれから更に年を重ねているから、最近はなるべく自信ある話だけをしているつもりだが、どこかで躓(つまず)いて、認知力を試されているかも知れない。これまでの無意識の減価償却は日に日に深刻かも!! 「あれ」「これ」「それ」で済ませる姑息なやり方では話す意味がない。かといって立て板に水の如く喋ったら、これもまた聴き手にとってはシャワーを浴びているようで、記憶すべきものも流れ去る。聞き手に対して多少なりとも記憶していてもらいたい親心はある。一過性にはしたくない。人前で話をするのは難しいのだ。講義とは別に「ひと言お願いします」と急に指名されることがある。これも時に大変である。恥ずかしいが、こんなこともあった。開会の挨拶であったが、話し始めて、ひと言のつもりがそうはうまく行かず、話の内容が分岐してややこしくなった。私もこんがらかってくる。まずいと思いつつ、結論付ける言葉を見つけながら話をしているが、方向が見えてこない。聞き手は真剣な顔をしている。簡単のつもりが複雑だからもうこう言うしかない。「私は何を話しているのでしょうか?」。一同がどっと笑った。開会の挨拶が座興で終わったが事無きを得た。後味はよくなかったが、その後の会は楽しく始まった。こうした経験は誰にもあると思うのだが、奥手の身としては、話の上手な人が羨ましい。

音楽で初見ということを耳にする。慣れない者にとっては天才か異次元者かと驚く。同じように即刻、話ができる人が居る。それは話術に長(た)ける人、たけるの尊(みこと)だ。政治家はまさにその名に相応(ふさわ)しいと拝する。「私は何を話しているのでしょうか?」と聴衆の前で言ったら一発で信用を失う。でもそんな政治家も居ていいような気もする。難しい案件を真剣に考えたら、ぺらぺら話せるわけがないとは思うのだが……。人前で話すのが得意な人は、ピアノを弾くようにきっと楽しいのかも知れない。自分の思い描くことを上手に表わして、即刻話せる人は素晴らしい。

闇バイト

贅沢を知ると後戻りできぬ
悪事を犯してもしがみつく
罪と贅沢の分水嶺

他人のことが気にかかる
自分を忘れて目標は欲望の達成
罠だらけの危ない世間
人は立ち止まり考えられるか
走り出したら止まら……せろ
もう一度幸せって何だろう?

2023.2.17

人さまざま

十人十色というけれど、確かに人はどう見たって皆違う。当たり前だけれどそれを知りつつ誰もが耐えているのか? 無関心を装っているのか? 気が付かないのか? それとも諦めているのか? 平気な顔をして日常をやり過ごしている。腹の中は見えないから案外むかつききって生きている人も居るだろう。

例えば気は小さいけれど、態度が大きい人。時々見かけるタイプだ。借りてきた猫のようにろくに声も出せなかったのに、慣れると図々しくふてぶてしくなる。弱みを隠して威嚇者となる。そういう人はもともと気位が高く、同時に背が低かったりすると全体の塩梅がが悪い。要するにアンバランスである。気位の重圧が背の伸びを抑えてしまったのか？

背の低い人すべてが当事者ということではないけれど、例えばナポレオンのような人だ。

い。ナポレオンが気が小さく、態度が大きかったかどうかは知らないが、背は小さかったらしい。

人のことをいえばきりがない。では私はどうなのか？　馬鹿の定義は広範過ぎて何かと私に当てはまるが、世間でいう厄介者の馬鹿ではないと思うことから「頭は馬鹿ではないけれど、言うことが馬鹿馬鹿しい」というタイプのようだ。自分のことを前面に押し出して言うのは何だけど、言葉に関心を持ったがためにこんな人間になった。ところで私ではないが、「笑顔はないけれど、綺麗な女にはよく笑う」という男がいる。男女の間とはそんなものかも知れないが、傍で見ていると冗談じゃ～ないよ。そんな奴に限って、普段は余り喋らないけれど自分のことについてはよく喋る。私はどうか？　決してむっつりではないから、どちらかといえば話す方である。だが理路整然というわけにはゆかない。途中でポシャる。上を見れば限がない。下を見ても限がない。人は皆そんな中で生きている。一体自分はどんな人間なんだろう。皆さんもそんなことを考えたことはないですか？

人の行方

人は偉いと言われると
周囲がそっと距離を置く
そんな時寄る人が現れて
盛んに笑顔を振りまきながら
不徳の絆を求め始める
日常の中の仮の喪失
あからさま過ぎる人の性根
静寂と見える中で
この瞬間にも何かが崩れゆく

2023.2.22

フルコースの前に

私の夜の食事は外食が基本である。理由は料理ができないというだけ。いざという時は、目玉焼き、豚の生姜焼き、茄子(なす)の味噌炒め等々、数えられるくらいのメニュウはある。出汁をとったの、みじん切りにしたのなんていう高度なテクニックは考えたくない。キャベツの千切りはまあ慣れてはいる。そのままマヨネーズをかけて生で食べられるから有難い。これは母からの直伝である。そんなわけで私は外食に慣れている。人気の少ない赤提灯で一杯やりながら食事をするのは落ち着く。不満は全くない。そんな生活に慣れているから、外国に行って和食が恋しくなるのは当然かも知れない。毎日パンと洋食、ワインを飲むのも最初はいいが、半月もすればいい加減飽きてくる。好い加減なのだから良しとすべきが、そうでない。ここで何だか難しくなるが、要は和食が恋しくなる。ある日、あれはどこだったか？　カンヌのレストランだったたか。ボーイさんの前でつい口から出た。「あじのひらき」「ん……？」「ああ、ノン」。無意識の腹いせ行為だった。ボーイさん、不思議な顔をしていたので、つたない弁解をしたがまあ、何とか切り抜けた。変な客だと思っただろう。でもその時の食事は美味しかった記憶がある。ストレスが溜まっていたのだろう。食事は楽しくするべし。ちょっとの冒険を犯しても自分から楽しい方向に向かわせれば、三の味が五になり、うまくゆけば十の味を味わえる。食事の時は会話できる人が居るといい。だから私は行き慣れた店に行く。そこに見慣れた顔の人が居ると落ち着く。こんな具合だからフルコースに至るにはまだ少し時間がかかりそうだ‼　気持ちだけはフルフルコースなのだが……。

十分の一コース

相手は徳利
幸せの装い？
一口喉越し　あ〜あっ
二口喉越し　ありがとう
おっと親父の命日だ
何を買って帰ろうか
豊かじゃないけど満ちている
体のどこかがざわついた

2023.2.24

よくわからない言葉

「耐震、耐火でこの家は半永久的です」という言葉を耳にする。「半」が付くとかなり長い間、耐震、耐火であるという気がする。永久的と言わないところが憎たらしい。永久的と言って途中で潰れたり火事になってしまえば嘘をついたことになるから、実に上手いことを考えたものだ。「半」を付けて長いけれどやがていつかは消滅するという意味合いを持たせて、その時はその時という逃れの算段をしているように思える。「半」は「半植民地」のような語においては「なかば」「殆ど」という意味合いは分る。だが永久という言葉の頭に付加された「半永久」はどのくらいの時間経過を指すのだろう？　半永久という耐火金庫だって火の中で何時間も耐えてはいられない。金庫だってその日暮らしで当番している。

半永久的というのは、永久の半分ということなのだろうが、永久は無限なのだから、半永久というのも無限だ。常に永久の半分が進行していると思えば、半分遅れて進行しているだけの永久なのだ。こんなことで頭を使いたくはないけれど、もっと簡単に言えば、底なし沼に水があるのは変じゃないか。深そうだけれど、どこまで潜れば底に行き着くのか。

誰かに聞いてみたい。底までは分からないと言われれば、底で話は終わる。そこそこにこんな話は終わらせたい。駄洒落で締めようと思ったら、ネットニュースを見たのがいけなかったのか、向こうから声かけられるように、ダメ押しの一発が目に刺さった。コンビニに強いクレジットカード比較という記事の中で、ある会社のカードが5％還元として「この5％は期間限定のものでは無く、半永久的に継続される」と書かれている。この説明に「これから先ずっとセブンイレブン、ローソンなどでは実質5％offで買い物できる」と解説している。この「半」が曲者（くせもの）だ。社会の経済事情によって継続は半永久でも、永久でもあり得ない。言葉のマジックだ。でもそれに飛びつく人は多いに違いない。私も単純に近いから引き込まれそうだが、半永久とか永久とかという言葉には気を付けようと思う。

私は、寡黙なタイプと言われないのが心外だが、言いたいことは言う。やっぱりおしゃべりか。ところで子供の頃に母親がよく言っていた。「母の恩は海より深く、山より高い」と。私が報恩の人間になるようにと間接的に教えてくれたに違いない。その頃は物のない時代だったから、今思えば人の愛情なくして素直に生きることはできなかったかも知れない。感謝は今もって消えない。今でもそうあるべきなのだが、現代は母親の恩はプールよりは深いかも。丘よりは高いかも。或いはそれより浅いかも知れないし低いかも知れない。何しろ母親の子供虐待が取り沙汰されるし、内縁の夫が手を貸したりする。私の母親の言ったこの格言は、果たして半永久的なのか。わずか100年も経たぬうちに世の中の事情は変化してしまった。「半永久的」も「底なし」も付加する言葉によって意味がないことは、それこそ今後永久的だし、底なしに続く。

曖昧な理解

普通の人にはあばた顔でも気にならない
嫌な奴にはあばた一つに
尾ひれがついて見えてくる
惚れた御方には
すべてのあばたが見えなくなる
分った気分の日常性

2023.2.26

たかが金魚

我が家のトラミ（寅美）は幾度となく私の話の中に登場する。もう10年近く生きているが、ふと思うことがある。金魚の寿命は10～15年ということだ。長いと30年というのもあるらしい。そんなのを話題にしたら内容は見え透いているから、トラミの年格好あたりが狙い打ち時かも知れない。目の黒いうちにというけれど、確かに目はまだ黒く、そっと手を近づけると後ずさりするからまだ白内障も無いようだ。だが動作が遅くなっているから、人でいえば足元が危ないくらいの高齢者だろう。人は蹴躓いて転んで骨折ということがあるが、トラミは水の中だからそんなことはない。せいぜい水槽の角に鼻をぶつけてふてくされるだけだろう。もし病気でも事故でも命を落とすことがあれば、10年生きたのだから、10寿を全うしたといって悔いはないが、洒落はさておき、トラミにはもっと長生きしてもらいたい。小林一茶は「我と来て　遊べや親の　ない雀」や「雀の子　そこのけそこのけ　お馬が通る」といってすずめと戯れた。石川啄木は「東海の　小島の磯の　白砂にわれ泣きぬれて　蟹とたわむる」といって蟹と戯れた。事情背景はどうでもいい。私は金魚を相手に駄洒落を飛ばして戯れている。金魚に罪はないが、私の捉える世界の狭さは歴然としている。この狭い水槽の世界も、私の生活の切り取り場面の一部として機能していることをよくよく考えれば、その他にもっとましな話し相手も居るだろうにと思う気持ちの不甲斐（ふがい）なさもなくはないが、空しい中にも光あり。それでもそんな中に何か楽しい私が居る。時にふふっと笑う。自分でも変な気持ちのこともある。

狭いレストラン

ぬくもり　人の声　料理
満ちたる夢の箱
生きている空間
贅沢は解放の中で
他人が感じる
これでいいんだ
深いところで叫んでる

2023.2.28

ズロースで解決

年を取ってくるとまともな会話を期待しない方が楽しく過ごせる。以前、近所のコンビニで外国人の女性が働いていたので、どこの国の出身かと尋ねたらミャンマーだという。そしてミャンマー語で「ありがとう」の言葉を教わった。仮名で書くと正確ではないが「チエズーデンマーレ」と言うらしい。

ある日80才を過ぎた女性と歩いていた時のこと。外国語に興味ある人なので私と共通の話題があって楽しい。「ありがとう」という言い方が話題になった。私がミャンマー語の言い方を教えたのだが、事態は甘くはなかった。まず「チエズー」でひっかかった。私が「チエズーデンマーレ」。女性が「チエブーデニマーロ」。「ちゃうちゃう、チエズー」……「チエブー」。「ちゃうちゃう、チエズー」……「えっ？　チエブー」。「ズー」……「ブー」。「じゃなくて、チエ、チエ、チエ……」。そこで、ズで始まる言葉を探すが浮かばない。焦る中で勢いよくさっと出た言葉が「ズロースのズ、チエズー」。彼女一発で「チエズー」と言い放った。一瞬私はあたりを気にした。ズロースと言うことはないだろ。最近は聞かなくなった言葉だが、知る人ぞ知る、そんな生きた化石がその辺に居て、聞いていたかも知れない。信号待ちしていた若い人は平気で居たからまあ助かった。まさに「屁を放って尻窄め」の信号待ちであった。言葉を通じさせるのは本当に今更ながら難しいと感じた次第。後続の下の句の「デンマーレ」に踏み込もうとしたが、ズロースを引きずった後だけに、おお、ノーズロースで後が続かない。

知識の行方

知識はあった方がいいけれど
程度は自由
詰め過ぎれば変人
知識の断捨離
残すべきは寛容

2023.3.2

どちらが合理的？

「赤信号みんなで渡れば怖くない」とは、かつてみんなが笑ったジョークである。これは赤信号でも渡った人が居るということだ。思えば人の心理がよく表れていると感心する。皆さんはどうですか？　赤信号でも車が全然来ない時には渡りますか、止まって青になるのを待ちますか？　お巡りさん、ちょっと目をつむって欲しい。私は全く車が見えない時は、こそこそせずに、目配りは控えめに、そんな態度は不本意だけれど渡る。これは合理的なのか否か。車が来ないのだから合理的であろう。私は赤信号を渡りながら思う。憲法に赤信号は止まれとまでは記されていないだろうが、道路交通法には書かれているのだろう。法律で決まっているのだから、赤の時は車が来なくても止まっているのは合理的だ。私は交通違反を犯していると歩きながら考える。自己責任を承知している。果たして合理的なのはどちらか？　最近特に感じるが、赤の時にはきちんと止まっている人が多い。これは何の非もない。だが青になってもそのまま止まっている人がいる。止まり慣れて歩き出すのを忘れたか？　スマホを見ているのだ。それは別に咎（とが）める理由はないが、すると信号って何なんだ？「赤は止まれ」はよく分る。車が来なくても止まるのか？　私は分らない。お巡りさん、聞くのは野暮ですが、貴方は制服を脱いでも、赤信号の時には必ず止まりますか？「赤信号みんなで渡れば怖くない」という時に、制服を着ているお巡りさんが混じって歩いていたら、目立つだろう。週刊誌が黙っていない。やがて日本はダメになる。日本は法令順守の国なのだ。順守が過ぎれば窮屈だ。かといって緩めれば違反といって処罰される。必要悪はこの場合、個人の裁量に係っている。

時間の中で

岐路
選択
不安そして前進
矛盾の中で行き着く自分
秩序の中の自由人間

2023.3.3

慰め人生

日常は目先のことの選択に振り回されながら、それでも仕方なく殆どを切り捨てて時を遣る。自分の前の見える世界のことだけだけれど、それでも自分は一人前と錯覚しながら先に進む。後ろに興味がないわけではないけれど、鏡でもなければ気が付かない。もし後ろにも目があれば、今度は選択がありすぎて、それまでの切り捨てる気持ちさえも萎えるだろう。道を歩いていれば、交差点の真ん中で行く方向があり過ぎて、私はどっちに行くべきなのか。前の目が決めていたことを、後ろの目が黙っていない。前と後ろで私を引き合う。前側の自分と後ろ側の自分が争っている。だから目は前だけで一方向だけを見ているのが平和なのだ。それだと背後から来る危険を防げないために、人は自分の背後を見てくれる伴侶が必要となる。でもさ、庶民の感情で言わせてもらえばさ、理想はそうでも現実は厳しくて、感情の行き違いに何かを感じると、それぞれが好きな方へと去ってゆくのさ。人社会は至る所に恩讐ありでさ、そのあとは視野がもっと狭くなり、もともと一人前と思っていたのが、結婚して半人前となり、別れて四分の一人前位で生きてゆくのさ。それが人生……というのはあまりに淋しい。半人前を一人前にできないものか。それならばと自分の背後を見るために鏡の前に立つ。ある時背後に誰かが立っている!! ひえっー。これも怖い。背後霊は見えなくてよいが、自分の裏側を見てみたい。それを教えてくれるのは、「人」しかない。わが友のトラミや季節ごとにやってくるヒヨドリたちは目が横についているから、全方位を見ているのだろうけれど、自分のことで精一杯のようだ。彼らは私の後ろを見る前に、私を見て逃げてゆく。何の当てにもならない身内もどきでしかない。結局は飾らぬ自分を人の前に晒して、自分を見つめるのがいいのかも知れない。ただ人の情事はそれぞれ違うし、いや事情はそれぞれ違うし、晒して大恥かく者も居るから場合にもよる。私の思いつく映像が……あさかさか、いや、あかさかさ、いや、あはさかさ、何というか貧困だった。早い話があさはかだった。要するに人の絡み合いの中で、一人芝居はいけませんと言いたいだけだ。

ところで私の前に見えるものより、後ろに見られたものの方が多くて問題ありと分ったときは、どうする? 全く私の気付かぬ「背後霊」か、それとも知っていながら知らないふりした「かまとと霊」か? 誰でも自分の後ろというのは、怖い空間だ。

背負い

幼い時から背に仏様が居て
やがて時経れば
祖父母や父母も加わって
声聞く時も
声遣る時も
欠ける日はなし

いつか私の声聞くのは
誰？

2023.3.4

生活満足度

「衣食足りて礼節を知る」と言うけれど、果たして……。衣は足りている。しかし愛着心が強くて、一度身に着けた衣類は古くなっても捨てられない。断捨離という言葉なんか何のその。だから衣類はたくさんあるけれど、殆どが流行からは遅れている。手を通せるものはね〜、と思う気持ちが後々まで続く貧乏性。スペースがないから新陳代謝が起こらない。年を取れば体の自由も利かなくなって、手を通せるものはと言って我慢して残してきたけれど、最近は通すべき手が通らない。もうこの頃は色気も何も失って、手が通れば何でもいい。やはり捨てなくてよかったと思うこの頃。衣は満足。

食は自分で料理するという習慣も、気持ちもないから、いざの時は記憶の味を思い出し、らしき食材を買い込んで、レシピなんてものはないから、常にシェフ小島のオリジナルの賄いで事済ませる。聞こえはまあまあだが、野菜なんかは殆ど生に近い。だからオリジナル。私の夕食は外食が基本である。といっても街中食堂は星のあるレストランというわけにはゆかない。空に星はたくさん輝いてはいても、私の味覚の中に輝く星は三等星くらいの毎日だ。それでも好みの食に事欠くことはない。腹減って目の中に星がちらつくこともない。住はどうか。新しい家ができた。一人で住むには広すぎると言われるけれど、私の空間は家の中のわずかの部分だ。駐車場もできた。でも車がない。免許がなかった。ベッドだってダブルに私一人でゆったり、のんびり寝ている。二人の予定が埋まらないだけなのだ。事情？　まあ世間並ですよ、各方(おのおのがた)。

衣食住。いずれも他から見れば風船のように中身はないけれど、本人は不自由なく過ごしている。一言で言えば、上げ底、下げ蓋の狭い空間に生きている。その中でしている仕事は「暇つぶし」？　いや、暇つぶしに手間をかけていることは、立派な営みと自己を褒めつつ今日も過ぎてゆく。暇は手間の助っ人で、手間にぴたりと張り付いている。手間を見つけたら、必ず暇が喜びを見つけてくれる。手間暇掛ける意味ってそんなことかな？

満足度意識

結婚する
孤独という淋しさから解放

やがて訪れる煩わしいという未知の世界
知らずに喜び勇んで一歩を踏み出す
仕事する
日常に変化を求め生きる選択
家に帰る
見えない糸がつま先から伸びる
家庭がその糸を手繰り寄せる
平和を願う
人が物に対峙するも捗捗(はかばか)しくなく
人と対峙し互いに笑顔が生まれる
病にかかる
自分を気付かせる良薬と知る
戦争が起こる
一部の戦争好きなＤＮＡを持った
政治家たちの歯止め無き狂騒思考
食べる

人に食べられ挙句の果てに食文化とか言われ
犠牲になった動物が泣く
いじめの究極
死ぬ
実体が無くなって
無という空間に宿る
空間が実体というのであれば
死は不滅の生命体
直感の中で触れる伝導体そして電信体

2023.3.5

ハチ合わせ

庭の植木鉢のサクランボの木が花を咲かせた。白い花だけが目立ち、葉は出ていない。まだ周囲の木が寒そうにしているこの2月末に、新しい生きる力を勝ち誇ったように見せつけている。その花の一つに1匹のごく小さい蜂のような蠅(はえ)のような虫が来ている。虫なんて季節柄まだまだと(飛)んでもない時期というのに、こいつはどうしたことだろう。私の目がこの蜂に張り付いた。ミツバチやスズメバチは暖かそうな巣で越冬するのだろうが、こいつはどこから来たのか？　飛ぶ力もなさそうに花の上に身を置いている。動かずに寝ているようだ。蜜なんか吸う力も気力もなさそうだ。腹はぺしゃんこでよく生きていると思わせる風体だ。一体どんな所で、どんな仲間と過ごしているのか。蜂のホームレスか？　負のイメージが膨らむばかりだ。蜂社会のことはよく分らないけれど、人社会に置き換えれば、こいつは争いに負けてかろうじて逃げてきた避難民かも知れない。食料を探しに来たのかも。或いは蜂にもネット社会があって、あやしい通信にたぶらかされ、闇バイトで受け子か何かの悪さをして、社会から締め出され、路頭に迷っていたのかも知れない。こいつは憐れんでいい奴なのか、憎むべき奴なのか？　この蜂の心が濁ったために、バチが当たってこの始末ということなのか。まあ、そこまでは考えなくても、この寒い空気の中で動かぬ姿は哀れとしか言いようがない。越冬したとは思えないが、最近生まれた、たくさんの数の中にはお調子者が居て、羽目を外した奴だったか。私は既に羽目を外すだけの気力はないが、あいつが逞(たくま)しく成長して、いつか蜂蜜でも運んできてくれたらと思う。こんな虫のいい話ってあるだろうか。

共生

この瞬間に
地上のすべての生き物が
同じ針の刻みで歩んでる
地球はひとつ
生命が共有する刻

2023.3.9

位置について……用意……ドン

この言葉を言うと、競技場で選手が尻を持ち上げ、一列に並んで出走の瞬間を待っている姿が見える。その際に一度フライングすると今は失格になってしまう。選手はスターターの掛ける声のリズムで飛び出しを狙っているけれど、リズムは一様ではないから、気の急いている選手は早く踏み出す。よく分る。私なんかは位置についてと言われれば、ついたとたんに走り出したい。人より早く出走したいのは当然だ。人は最低でも0・1秒で音に反応するという。だから合図の音が鳴って10分の1秒後には発走できるということなのだが、この瞬間も競技に含めて、スターターのピストルを鳴らすまでのリズムと自己のリズムの調子を捉えて、今だとばかり飛び出すのは、精神的極限に置かれた選手にとってはフライングを引き起こしても当然だ。現状では、「位置について……　用意……ドン」というなんとなく暗黙のリズムがあって、選手はそれを意識しているはずだ。「用意　1　2」の2の瞬間が運命の分れ道。この2のどこで飛び出すか。3の頭で飛び出すか。焦るから早飛び出しする。それでフライング。それまでの練習努力の成果を出す前に戦わずして失格。この10分の1秒の駆(か)け引きは選手にとって苦痛なのか、快楽なのか？　「用意」という言葉は、スタートラインに立ったらもう心は整っているはずだから、用意準備完了ということにして、「位置について用意……ドン」ではどうか？　この「位置について用意」と「ドン」の間(ま)はスターターの個人的采配によって、或いは機械の自由操作によってまちまちでもよろしい。選手はスターターのリズムを予想できないから、音を聞いてから飛び出すしかない。尻をピッと持ち上げて、出走を待つ姿は綺麗だが、走り出しやすい姿で待つのもいいだろう。フライングはまず起こらないのではないか。まずはリズムを外せということ。一度私はスターターをしてみたい。「位置について用意……ドン!!」。位置についたらすぐ用意で、あとはいつドンと鳴るか分らない。尻を上げていつ鳴るか分らないドンを待つ選手。ドンな気持ちか、思うだけで私もドキドキする。ここで駄洒落ていてもつまらない。

ところでこの「位置について用意ドン」の過去の言い方をネットで調べてみたら、あるある。「いいか　ひい　ふう　みい」(1883年)。「支度して　用意　ドン」(1913年)。「腰を上げて　待てぇ　ドン」「がってん承知　ドン」「おんちゃなケツ上げえ　ドン」。どれもいまいちということで、1927年に日本陸上競技連盟がスタート合図を一般公募した。当時英語の「On your marks, Set」も同時に使われており、これに代わる日本語の合図が今のようになったらしい（「雑学ネタ帳」より）。当時の日本人にはこの英語の発音は難しくなかったか？　問題なければ定着していたであろう。しかしそれに代わる日本語ができたということは、言う方も訛り、聞く方も困難ということであったからに違いない。今は英語の合図が国際試合に使われている。そういえば先の東京オリンピックでは、その場面で「オンニョアむにゃむにゃ……セッ」って言っていたのを思い出す。フランス語では「A vos marques, Prêts, Partez」。いずれにしても1　2　3というリズムがある。3はピストルの音だが、日本語で声に出す場合はドンと言う。なぜドンなのか？　ピストルの音なら「バン」。太鼓でも打ったのか。ドンでもいいのだが、なぜドンなのかは分らない。「位置について、用意、ドン」も丁寧に言ったら勝てる争いでも負けてしまいそうだ。優しく言ったらだめなのだ「位置についてください、準備はいいですか、どうぞ」ではだめだ。走る気力が起こらない。争いなのだからビシバシ、ドンとやらねばだめだ。「位置について用意」のようにひとくくりにして、それから、ここが大事なのだが、適当に不規則な間を取って「ドン」。皆さんは一度スターターをやってみたいとは思いませんか？「位置について用意」、それでいくつ数えてドンと鳴らすか？　選手は1　2　3とリズムを取り、3をドンと予想するだろうから、私なら1　2・5くらいでドンと鳴らす。走者の予想する3を外す。この方がフライングを起こさないだろうと私は思うのだが……。或いは1　2　3でもまだドンは無く、4か5でドンでもいい。大体3で飛び出すような気がするが、試しに一度何かの大会で4でドンをしてみたら、どこでフライング選手が多く出るか。選手は「用意」からスタート号令ドンまでの時間をリズムで調子取りをしているという証拠が出るだろう。私がここでとやかく言っても、陸上競技連盟の方でスターターの規則があって、ドンを鳴らす時の間の取り方の規則があるとしたら私の思いは無に帰す。そんなことを知らないの(Don't you know?)、「お前は何も知らないドンって言うの」といって笑われるだろう。フライングを無くすためだが、何事も早飛び出しにはご注意を。

生きる

猫
獲物狙う
尻振りリズム
人
ゴール狙う
気のリズム

尻は振らず心振る
飛び出しはどちらもドン
目的は皆　勝つ

2023.3.11

我が体力づくり

体が日に日に変化しているのを感じる。未熟から完熟に至る変化と思って喜んでいいのか。いや今更完熟はないだろう。冷蔵庫に入れたバナナじゃ〜ないんだから、完熟は期待しない方がいい。大体私は寒がりで、普段は人より厚着をしている。ちょっと急いで歩くとすぐに汗をかく。それで来たか、更年期障害と思ったりするが、年を考えれば今更そんなことは恥ずかしくて口には出せない。昔から思ったことはとにかくすぐやる私は、例えば健康にいいことだと思うと、途端にあれこれと考える。それでももう10年以上つづけていることがある。朝起きて食事までの空き時間、といっても朝食を用意するのは私だから、時間を空けるのも私の意志だ。顔を洗って仏前に閼伽（あか）を供えて、父母、兄弟、恩師、友に合掌し、その日の無事を祈念してから上の階に上がって窓を開ける。晴れた日は本当に気持ちがいい。青い空と太陽の新たな光、それだけでその日を勝ち取ったような気分になる。定期的に向かい側を電車が通る。電車の屋根を見ながら深呼吸。ふと思う。走る電車のパンタグラフの立つ方向が上りも下りも同じだ。常に＞のように向いている。そんなことはどっちでもいいことなのだが、右から左に走った時に、電線に刺さりはしないか。すると数日後にはパンタグラフが◇のように両立して走っていた。ちょっと安心した。余計な心配をしながら体を動かす。まず手首を振る。次に足首を振る。外回りに振ることはできても、何故か内回りに振れない。皆がそうなのか？　腕を左右順に前後5～7回振り回す。相撲の立ち合いの格好をして、体を上下に動かす。20回。これは股筋が鍛えられる気がする。なんのためだかは分らないが、真っすぐに歩けるようになる気がする。蟹なんかは目の前にあるものを取りに行きたいときはどんな気持ちなんだろうと思う。前進できるということは大事なのだ。最後はかれこれ10年位前に何かのチラシを見て手に入れた健康器具で、腹筋30回、肩甲骨開閉15回、終わって深呼吸。これでその日の運動は終了。総時間5～6分。それから下に降りて高齢者トラミの食事の世話。といっても餌をひとつまみ与えるだけ。5～6日ごとに水の半取り換え、10日ごとに全取り換え、生き物だから人と同じで、トイレ掃除は毎日行う。まあ家族だから仕方ない。もう少し愛想でも振りまいてくれればと思うけれど、向こうにも言い分はあるのだろうからこれ以上踏み込まない。それからやれやれと食事を始めるのだが、テレビをつければ、美容のプロがウエストを細くする運動とか、内股筋を鍛える動きとか、私の日ごろのやり方をどこかで見ていて釘刺すように、これ見よがしに美身を見せつけている。私の場合はゆるキャラだから、効果の程はテレビに負けること間違いない。テレビに合わせれば股の筋肉が引きつって、それこそ蟹歩きになるかも。今のところ恙なく暮らせているので、朝の5～6分が私に合ったやり方なのだろう。今は美顔も、腰のくびれも、美脚も要らない。敢えて欲しいものはと言えば、もう少し人を楽しませる気の利いた言葉が欲しい。

健康だから見える

透けて見える人々の浅はかさ
透けて見えない人々の神秘さ
上げ底の上面飾りの集団に
心は微動たりとも動かない

秘めて見えぬ人々
心の奥底に光るダイヤか
それとも錆（さ）びた鉄くずか
私の心が動き出す
歓喜して心震わすか
落胆の先に扉を閉じるか
豊かな人々が少なくなって
世相が軽はずみに流れてる

2023.3.14

味気あるのかないのか？

喉元過ぎれば熱さを忘れるというが、熱湯や冷水は食道を通る際に忘れるどころか苦痛を伴う。胸がキュンどころか、ヒエーという悲鳴も上げられないほど辛（つら）い。美味しいものを食べて、食道あたりで旨いと感じることはない。熱すぎ、冷たすぎ、辛（から）すぎのように、極端なものを口に入れた時、吐き出すこともできなくて、いっそ飲み込んでしまう。過ぎたるはなお及ばざるがごとしで、感じ過ぎるほど感じて、どうすることもできない。時々やらかして反省するも繰り返す。これは見た目で美味しいと思い、生唾飲んで口に放り込んだだけのこと。食べて楽しいどころか苦痛に変わる。改めて今更考えるが、旨いものの味覚は喉元を過ぎれば消えて無くなる。できれば胃まで続いて欲しい。そうなれば食べることはさらに楽しくなるだろう。いくら高級な旨いワインを飲んだって、どれだけ旨いチーズを食べたって、喉元過ぎれば皆同じ。フォアグラやキャビアやトリュフも皆同じ。それでも人は飛びつく、旨いと思うものに。一瞬の味覚のスリルが人を寄せ付けるのだろう。もし胃が味覚を感じたら、人は食う食う、その結果出る出る糖尿病患者。それで病院不足、人手不足。やはり味覚は一瞬でいいのかも知れない。贅沢はほどほどにという神の恩寵かも知れない。味覚は儚くて優雅。味覚の真意は神のみぞ知る。だから人はただ一瞬の味覚にうつつを抜かす。旨いというレベルの差は、個人別ではそれほど大きくはないと私は思う。旨くするために料理があると思うけれど、よくテレビでタレントがさも美味しそうに、大げさとも思える仕草で報告しているが、本当か？　不味いとは言えないだろうから、「まあ、この味は好きだという人も居るだろう」くらいのことは言えるレポーターが欲しい。食レポの人たちは嫌いな食べ物はないのか？　口先だけで物を言う人が多いから、口だけで味わう味覚のレポートは都合がいいのかも知れない。一度私にやらせて欲しいが、褒めるけれども世辞は控えるから……滅茶苦茶になるだろう。大体万人が満足する味というのはあり得ない。寡黙の人に食レポをさせたらどうなるか。本物の味を指摘するかも知れない。いや、何も言わないかも。それも真意をついていて面白いかも知れないが、見ている方は訳が分らない。結局旨いって何なのか？

五感

見て楽しい自然の景色
聞いて楽しい音世界
食べて楽しい食卓の味
触れて楽しい握手の手
嗅いで楽しい花の息
回避できぬは食卓の味

2023.3.15

年寄って幸せ？

自分のことだから憚（はばか）りたいけれど、最近は……といってもかなり前から体を大きく動かさない限り汗もそれほどかかなくなった。もしや更年期かと人に問えば、80になろうとしている小太り爺には、今更何だと冷ややかな言葉と目線が返ってくるだろうから誰にも聞かない。確かに体にはつゆ気が無くなった。それで水分を補給する。水を飲んで安堵する。知らぬ間によく枯れた!! 髪も隙間風を通すほどの木枯らし色になり、私は晩秋の枯山水といった風体（ふうてい）となった。人は年経て和調の芸術作品になるが、私はまだ中途半端な模索品状態と感じる。それでも頭に被り物でもつければ、枯れ木に花を咲かせましょうなんて、昔話の主役の爺だ。

ところで世間では、時に枯山水が酔っ払って歩いてる。みっともいいものじゃないが、幸せそうだ。枯れ木に花でも咲かせたい。ところがその枯山水が、我慢できなくなって道端で散水している。これは悪爺が枯れ木に灰をまいても花は咲かず、通りかかった殿に降りかかって捕らえれたように、運悪ければ警察官が来て叱られる。幸せを保持するというのが難しいのは、昔も今も変わらない。年取ると耐える力も失って、折角の枯山水が時に、尿酸水をまき散らす。汚い年寄りが居たもんだ。不幸を予見しない幸はない。それでも人は幸を求めて止まない。

いつか人は枯れて落ち着くが、その頃は小木か大木か？　どちらでもいいから、スーッと空に一本立ちしている枯れ木でありたい。

心

山に道あり
川に水あり
山に木枯れても
川に水涸（か）れても
心には躍（おど）る潮あり

2023.3.17

飛行機、嫌だね。船、好きじゃない

乗り物は便利だ。歩いて目的地に行くことを考えると、電車も自転車も生活には欠かせない。私の生活はこれらを利用するくらいの範囲で進行している。飛行機や船はそれに上位する乗り物だけれど、経験上私の性格には合わない。

最初の恐怖フライトは羽田からチューリヒ経由ニース行きであった。チューリヒの空港がストライキのため上空を旋回しながら着陸待ち。旋回しながら機体が横になる。窓側の私はスイスの畑を真下に見る。初めての外国の景色に感動したが、次第に恐怖に変わる。高所恐怖症の私は目を閉じても気になって目を開く。ああ神様、仏様。穏やかな飛行機嫌いの始まりだった。

2度目の恐怖フライトは、ロンドンのヒースローから羽田へ。雨風の中を離陸。上昇中にエンジンの音が急に止まった。機体がスーッと落下する。あああっと思っていると、クイーン、クイーンといってエンジンがかかる。重い荷物をやっと引き上げている音に聞こえる。すぐまた音が消える。そして落下。無重力の中をキーン、キーンと再開。ホッとするとすぐまた無音の落下。4～5回は続いたか？　周囲の客は、口にハンカチを当てて吐き出しそうな何かをこらえている。雨が窓を打ちつける。私はこれでヒースローの空に、若い身空を散らすのかと一瞬覚悟した。「それは嫌だ」とただただ祈って耐えていた。このあたりから本格的に飛行機嫌いが始まる。

3度目もひやひやだった。アムステルダムからニース。仕事が終わって自由になって、友人たちはそのまま日本へ、私はニースの知り合いの家族に会いに行った。その日は風がひどくて横殴りの雨が降っていた。窓から見える木が雨に打たれて、倒れそうに揺れている。その中を機体が飛び立とうとして、滑走路を進む。風が機体に叩きつけるドドーンという音が機内に響く。私は危険を感じた。誰も何も言わない。私一人が騒いでも……こんな時は孤独に過ぎる。先ほど別れた友たちは今どこに居るのか。アナウンスが流れて、風の止むのを待つ。ホッとする。それで40分くらい待って飛び立ったのはいいけれど、すぐさま降下して、風に打たれて機体が上下に波打つ。私の3つ前の席に居た若い女性が、機体が下降するたびに、ワ~と言って両手を上げて喜ぶ。ったく！　この無神経がと私はイラつく。横に座っている黒人が、私を見て笑ってる。彼らに恐怖心はないのか？　今思えば、そのおかげで私の恐怖心も和らいだかも知れない。皆が沈んでいたらどうなったことか、思うだけでも恐ろしい。救いの女神だったかも知れない。

4度目はパリからニースへ。キャラベルという小型の飛行機だった。離陸直前まで一人のCA（キャビンアテンダント）が通路を行ったり来たりしている。ファッションショーのように見えた。悪くはないと通路側の私は緊張感を解いていた。離陸、出発の合図でCAが着席した。それがパイロットの左隣の席だった。操縦室の扉が開いていて、私の席から丸見えだった。離陸した。パイロットの毛むくじゃらの左腕が操縦桿を握っている。機体が高度を上げている。私は操縦室を見ている。CAがパイロットに話しかけた。パイロットがCAと何やら楽し気に話し始めた。左手が何かのジェスチャーのように見えた。手が操縦桿から離れた。その時機体がバリバリバリと音を立てて揺れ始めた。パイロットの左手が操縦桿に戻った。窓外がよく見えていたのが急に真っ白く曇った。どうも雲海の中に、或いは雷雲の中に突っ込んだようだ。雑な操縦にこれまた飛行機嫌いが加速した。

5度目は成田からパリへ。どのあたりだろうか。シベリア上空くらいか、よく分らないが、私はトイレ以外は常にシートベルトを着けている。私は通路側。右2つ前の客が赤ワインを飲んでいた。突然機体が下降した。私はたまたまその客を見ていた。手に持ったグラスがすっと宙に浮いた。右横に寝ていたおばちゃんがどしんと椅子に叩きつけられた。おばちゃんは強い。頭を上げて周りを見渡し、「うん？」とか言ってまた寝入った。

6度目は成田からパリへ。私は飛行機恐怖症なので、まずは事故を起こしたことのない航空会社を選択する。多少高くても構わない。それで出発した。離陸後1時間過ぎた頃に、ピンポーンと機内アナウンスが流れた。「只今、エンジンが1つ止まりました。成田に引き返します。燃料を放出いたします……」。冗談じゃない。窓側の席に居た私はただ青ざめていたに違いない。CAが私の脇に来て、いろいろ話しかけてくれた。私の様子が惨め過ぎたのだろう。外側のエンジンから口径いっぱいに放出される燃料は30分間出続けて、空に散っていった。CAがそれを見ながら言った。「こんなこと初めてだ。しかももったいない」。成田に戻ってきた。もう諦めて私は帰ろうと思った。でも誰も動かない。私も動けなかった。究極の恐怖に人は「黙る」ものなのか？　およそ1時間後に再出発した。それも怖くないか？　そんなに簡単に修理できるものなのか？　恐怖は続く……。

一度だけ素晴らしい飛行経験をした。韓国から羽田へ。搭乗してすぐに飲み物が出た。確か私はビールか、ワインを頼んだように記憶している。ビールは腹が膨れるのでいつもはワインである。友人が隣に座って、私は気分もよくて、寝てしまった。友人が起こしてくれた。羽田に着いていた。こんな楽しい飛行機は初めてだった。

船も嫌いだ。飛行機に比べればまだまだ許せる心の余裕はある。私は泳げないのでぶくぶくしながら沈むけれど、もし木でも浮かんでいればそれに掴まって助かる余裕はあると分ったような事を言いつつ、本当は沈む。もう50年も前になるが、北海道に行った。帰りは函館から青森まで。波が荒かった。まだ青函連絡船が就航していて、私は摩周丸という名の船に乗った。何隻かある連絡船のうち、古い船だったように記憶している。津軽海峡は優しくなかった。冬景色でもなかった。揺れた、揺れた、トイレもままならぬ。立っていられないほどに揺れた。テーブルが動く。そのとき私は船内でどうしていたかは憶えていない。トイレとテーブルだけがはっきりと今でも見える。きっと洞爺丸が20年も前に函館出航直後に嵐で沈没したことを思い出しながら、恐怖に耐えていたに違いない。

飛行機も船も怖いのです。

女と男

遠くに空は美しく
間近に空は乱れ息
男は大地
空を飛ぶ　されど
地に足が着かなくて
天手古舞

女は大空
空を飛ぶ　さらに
宙に浮いて平気の平左
男は山
船出する　されど
足元が揺れて
きりきり舞い
女は海　さらに
魚のようにぴちぴち躍る
女の居場所
男の居場所

2023.3.19

飯給（地名）って読めますか？

地名の中には読めないものが多くある。そのひとつ、飯給。読めますか？　急に突飛な話題になって私もまごつく始末だが、すぐに食らいつく腹減らした魚のようで、話題も一貫性がなく申し訳ない。最近千葉県のいすみ線に乗ったという人の話を聞き、思い出したのが私の過去の経験だ。4月初めの頃だったかと思う。いすみ線は確か1〜2両の電車で、桜が満開の間を通り別世界のような素晴らしい光景だった。今はもう桜の咲くのを待つ季節。開花宣言が数日前に出された。行ってみたくなった。

あの時思ったのは、飯を給(たま)うのだから、どなたか高貴な人が当地を訪れて、飯を与えたということではないか、ということ。奈良時代か平安時代のことで、相当古い出来事を今に伝える地名だろうと考えていた。「いたぶ」と読むのだが、その音に興味を持った。この漢字からどうしてこんな呼称ができたのか？　その時考えたのはこんなことだった。これはその後、『音声ノート』という本の中の、「重音脱落」というところで扱って書いたが、その部分を紹介しよう。急に謎解きの異次元世界に引き込むようで申し訳ない。大半の方が興味なしと思うけれど、私はこれが面白い。ちょっとお付き合い願いたい。

重音脱落（仏 haplologie）

朝明け [asaake] → [asake]

千葉県の、いすみ線に〈飯給〉という駅がある。これを [itabɯ] と呼ぶ。（1989.4.6. 旅先にて）恐らく [iĩtamaɸɯ] の [ĩ] の重音脱落に加えて、[m] と [ɸ] が homorganic（同器音、下注参）で、両者の接近による [a] の弱化が [mɸ] に変わり、[b] に変わったと考えられる。これは文箱 [ɸɯmĩbako] が [m] と [b] の接近による [ĩ] の弱化。そして [ɸɯmbako] から [ɸɯbako] に変わるのと似ている。

注）

homorganic（仏 homorganique）同器音

二子音連続の際、[p][b] のように同じ調音点を持つ時、同器音という。impossible

heterorganic（仏 hétérorganique）異器音

[r][t] のように異なる調音点を持つ時、異器音という。sortir

contiguous（仏 contigu）隣接音

[m][f] のように隣接する調音点を持つ時、隣接音という。triumph, Ta femme va bien ?

probably（probable + ly）[prɔbablli] → [prɔbabli]

avez-vous vu [avevuvy] → a'vous-vu [avuvy]

『音声ノート　——ことばと文化と人間と——』より

こんな説明でも納得頂けただろうか？　言葉の変遷は面白い。

果たしてこの地名の由来は本当か。今までただ「飯を与える」と思っていたのだが、先に出会った方のお陰でこの地名の由来をネットで調べる気になった（飯給の由来など）。すると出てる！

読み「いたぶ」

飯給の由来は、壬申の乱で大友皇子がこの地に逃げ隠れた時に、この地の住人が食事を与えたことから、大友皇子らが「飯給」と名付けたことにちなんでいるという説があります。

また、飯給駅の公式ホームページには、日本武尊（やまとたけるのみこと）が、東国を平定するために通過したとき、住人らが食事を献上したことから名付けられたと記載されています。

いずれにしても、この地に住んだ住人が、貴い身分の人に食事を与えたことが由来になっていることは確かなようです。「いたぶ」という読み方ですが、そもそも「飯」は、「いい」と読みますので、「い」については大きな違和感はありません。

問題は「たぶ」ですが、古語で「給ぶ（たぶ）」という言葉があり、「お与えになる」という意味です。したがって、「いたぶ」は、完全な当て字の難読地名というわけではなさそうです。

私の解釈は、高貴な方が民に与えたというものだったが、民が献上したということで逆だった。大筋で謎解きができたように思う。ただ古語で「給ぶ（たぶ）」という言葉があるというのは、与えるということで納得できるが、何故「たまふ」と言わずに「たぶ」と言うかが知りたかった。

読んで下さった方には、どうでもよさそうなことですけれど頭を使わせてしまってすいませんでした。

同国異邦人

時の流れの中で
言葉は伝わる
伝言ゲーム
昔の人と今の人
既に言葉は通じない？
それでも同じ日本人
言葉は生きている

2023.3.23

男女の原点

彼岸になりやっと春らしい日が訪れた。気持ちも緩んだ。桜満開の報も間近になっている。世間は穏やかに過ぎているように見える。突然思い出した。墓参りのことを忘れていた。思い立ったらすぐやる人と自己認識している身として、さっそく出発。途中で供花を買い、電車に乗った。私の座った席のちょうど前に、若い女性が座った。とても綺麗な人だった。私の脳裏に今まで出会った美人が走る。美人はすぐに飽きるからとはよく言い聞かされてきたから、それほど心が動いたわけではないが、今まで多くの美人に出会ったものの、飽きる前に別れてしまって言い伝えの真偽のほどは分らない。この目の前の人もやがては飽きる人なのか？　要は並みであれば飽きることはないということに落ち着く。それでふと思った。知り合いの女性に「あなたは飽きられない人です」と言ったらどうなるか？　やっかいな話だが、殆どの女性は、自分が個性的で美人だと思っている、のか？　そしてまた美人は飽きられて当然という美人だけがわきまえていることを承知している、のか？　とすれば高飛車な女性が居るもんだと思うんだ。けれどそんな人が居て、もし「あなたはいつまでも飽きられることがないです」と言おうものなら傷つけること間違いない。これだけは口が裂けても言ってはいけない。墓参りの始まりは、うすら寒く、小雨が降ったが、「飽きる、飽きる」という言葉を繰り返していたら、私の心は晴れ上がった。今日会ったその人も、いずれは飽きられる人なのだ。飽きた後には何も残らない。「飽きること」はいいことだ。飽きられない美人がそこらじゅうに居たら、世の男はすべて狂うに違いない。女性はいつも危険に晒される。女も男も平均的で並みが一番幸せということになる。でもそれが一番難しくて、苦労する生き方かも知れない。良く見せることは芝居だから一時的であり、その時の評価で人は人を好きになっている。芝居を離れたら……お互いに空腹からもう満腹になっている。

流れ星讃歌

はるかはるか歩いてきた
思い出の道しるべ点々と
すべてが流れ星だった
生きることは流れる星のように

燃えて尽きて消えてゆく
同じ時
誰かがその星を見つめてた
その人に新たな道しるべが生まれてた
でもそれもやがて流れ星

本当のことが言い表せなくて
ただラララ・ラララと歌ってた
真実が声にこだまして
波打つ心を抑えてた
喜びと悲しみと
時に吠えることもあったけど
それもまた大きな流れ星
そう大空に一段と輝いた走り星だった
香(かぐわ)しき運命の道しるべ

2023.4.4

トロイの木馬だと⁉

便利な時代になった。パソコンやスマホの画面を見るだけで、世界の情報が一瞬にして見られる。テレビをつけるとタレントが馬鹿騒ぎしている。耐えられなくてチャンネルを変える。最近のテレビは見たいと思う番組が極めて少ない。若年層の受けを狙っているのか、とすれば日本全体が幼稚化するに違いない。今はテレビよりはパソコンの方がよほど効率がよい。かといってパソコンに頼っていると、焦ることもある。先月3月26日の夜のことである。私は寝る前にその日の出来事をパソコンで見る。画面の移動を何回か繰り返していると、突然画面が動かない。けたたましい音声が鳴って、「トロイの木馬に感染しました。すぐに消さないとデータが壊れる危険性があります。下記に電話してすぐに処置してください」。こんな内容の表示を音声と同時に何度も繰り返す。トロイの木馬という言葉は何度か聞いたことはある。トロイでも、とろくてよく分らなくても、回転木馬でも何でもいい。そんなことより私のパソコンには大事なデータが入っている。消えたら大変である。と思うとどうにかしなければならない。12時に近いこの夜中にプロバイダーには繋がらない。画面に指示された電話は　050……。パソコンに強い人ならば、こうしたことには慣れていて、例の手口とわきまえて簡単に事故処理できると思うのだが、私は素人。何か変だとは思いながら、データが壊れるという音声に焦る。仕方ない、電話するか。夜の11時20分。相手が出た。女性だが日本人ではない。「あなた、どこの人?」「私はハリーと言います。どんな要件ですか」「パソコン画面にトロイの何とかというウイルス感染の表示が出てパソコンが止まった」。返事は早かった。「それ、危険です。すぐに消さないとデータが壊れるかもしれません」。いかにも慣れた口調に、私は不思議な予感がして「あなたの事務所はどこ?」「港区の……」。詳細は憶えていないが、「30分で解決します」と言われ、矢継ぎ早に「今すぐ処理するか」と問われ私はふと思った。050……の電話は有料のはず。聞けば相手は無料だと言う。ますます怪しい。30分も電話しながら待たされて、知らぬ相手にパソコンをいじられて、これは怖いと直感した。それで「結構」と言って電話を切った。それは良かったものの、今度はこのまま放っておくとデータが壊れる。これがまた心配となった。それでプロバイダーに電話してみたが当然夜中に出るわけがない。仕方なく再度050……に電話した。今度は男性が出た。アメリカ人だという。5年前に技師として来日し、働いているという。事務所は港区……これは先ほどの女性と同じことを言っている。だが話し方が「いいですか。分りますか。30分で処理します。やりますか。どうですか」。私は相手の焦りを感じて、ふと思いついたのが「いくらかかる」ということ。聞けば7万5000円と即座に答えた。それで私は決心した。「断ります」。パソコンを強制終了して翌日にプロバイダーに相談しようと寝る準備にかかったが、その前にデータがどうなっているのかもう一度画面を確かめた。驚いた。さっきの画面が消えて、普通の画面に戻っていた。こんな夜中に相手を焦らせて金を稼ごうという卑劣なやり方は言語道断。久方に怒った。ホッと安心したがこんなのに引っかかる方もいるに違いない。気を付けて下さい。

翌日プロバイダーに電話して報告したのだが、完全に詐欺電話だと言われた。電話番号を警察に報告しようと思ったら、相手は刻々番号を変えているので無駄だと言われた。こういう日常的に悪い奴が居るのは残念だ。今回は外国人の詐欺団だろう。私はパソコンもスマホも無ければ無いで済ませることのできる人間だが、便利さの陰には落とし穴があるから気を付けないといけない。便利さは、或いは都合がいいということは人間不信に繋がることでもある。人の頭の良さが社会をますます混乱させる。一度贅沢を覚えた人間は、どこまで突っ走るのだろうか。AIが感情を持つことはないだろうが、飛躍的に発展している。それなら逆にAIが人の感情を察知して犯罪を制することはできないものか？　IT社会は犯罪を煽（あお）っているともいえる。狙われる方が悪いという犯罪者が居たら、私は徹底して弱者の味方になる。私の日常には冗談がよく出るけれど、たまには真面目なことも考えているのです。

ＩＴ社会

物が心を凌駕する
それでも人は笑顔になった
豊穣に群がりついて
恐れないのが恐ろしい
愛想笑いで安堵して
日頃の慣れに疑問も持たず
我先に前へ前へと突っ走る
一粒の種蒔(ま)いて
行く末を夢見た時代は過去の語り
今はただ焦りの群衆
人の知力が遊びに転化し
迷路を無数に敷き詰めた
人のための目的が社会を攪乱(かくらん)し
殺伐の代償は一歩後退する勇気

人間不信を募らせる
人はこの瞬間引き下がれるか
政治は危険の赤い連鎖
老い人に学ばず
老いを負う現実

2023.4.5

トラミ談

トラミについては今までに何度か話題にした。時々その名の由来について聞かれる。すでに書いたものの、もう一度言わせて頂くほど奇妙な名なのかも知れない。10年近く同居していて昨年、なんかの思い付きに名前を付けることにしたのだが、ちょうど寅年で、見た目もまあ、美人かなくらいで納まっただけのことである。だから寅年の美人ということでトラミである。何ということはないが、実情は寅美だ。通称トラミで体裁を保っている。私に言わせれば、決して美人ではないし、第一男か女か分らない。態度はでかいし、腹も恨トラミは、ん? 恨トラミ辛みはないけれど、トラミ辛みはないけれど、かなり膨れてる。顔は美しいとは言い難い。トラミ辛みはないけれど、……まあ恙なく日々穏やかに過ごしている。聞いて欲しいのは、私の顔を見るとプイと向こう向きになることだ。我が家のお上さん、いや妻とは決して言いたくない。妻ならふてぶてしい態度は見せないだろうし、大体かわいいと思わせるのが普通だ。トラミはいつも何かを企んでいる。以前にテレビでよく見た時代劇の中に出てくる越後屋に出入りする悪代官や藩主のような存在である。だから私にとっては「お上」なのである。空腹の時にはすり寄ってくるようなしたたかさがある。私はトラミの奉公人という立場で日を送る。金魚の顔を見ながら過ごすのも人生と思うが、他の生き方もあるだろうという思いも時々起こって、存在することの、ああ、不思議さよ!!

ピエロの奮闘

人に色気を見せようなんて
やめときな
無理があっちゃ

何もかもおしまいさ
秘めた「らしさ」が醸し出る時
覗きたくなるその人の
心の奥深く
知ればきっと奪われよう
人に色気を振りまこうなんて
やめときな
色気がないと言われたって
秘めた貯え多ければ
人は向こうから寄ってくる

2023.4.13

探り合い

誰でも腹の探り合いをしている。犬だって猫だって顔を合わせれば、唸ったり尻尾を振ったり、探り合いをしている。人間だって同じだ。夕方、ウォーキングを兼ねて駅まで15分歩く。前にひとり男性が歩いている。駅までに追い越すと決めて、ちょっと追い抜く。相手も気づいて私に負けまいと速度を速める。私は相手の裏をかいて遅れて付いてゆく。相手はもう私のことなど忘れてる。駅に着く寸前に私は追い越す。達成感あり。ところが後日、同じ相手が歩いてる。まずは先日のやり方で追い越す。彼はまたかと言わんばかり無言で速度を増す。「奴さん、敵対心を持ってるな」。先日は裏をかいて勝ったから、そこで今度は先日の裏の裏をかいて再度逃げ切る算段をした。一気に行けばいい。最後に抜かれなければいい。私は速度を上げる。振り返って彼を見ることは心のうちを読まれるのでそのまま歩き続ける。駅近くなって、私が多少疲れて速度が落ちた時、彼が颯爽(さっそう)と私を追い抜いて行く。やられたか。見送る彼の姿がいじらしいが憎たらしい。私の思惑はすっかり見抜かれていた。逆手に取られた。それで得心したのは裏をかくのは1回でよいこと。裏の裏は表だということに気が付かなかった。世の中は敵意と正直が表裏一体だから、探り合って、騙し合って日常があるけれど、小さいうちは笑って済むものが、大きくなれば戦争となる。

男と女の時間

男は待っていられない
女は待たなきゃいられない
男はそこで我慢する
女はそれで様子を見てる
男には考える時間が必要だ
女には考えさせる時間が必要だ
この時間の後で
男と女は違う方見て去ってゆく
…………
待ってもいい男と

待たなくてもいい女が
ひとりでに歩み寄る
男がじっと見つめられて
女が優しく抱かれて
男の時間
女の時間

2023.4.13

聴能力

年を取ってくると耳が遠くなる。本当か？　それとも単に都合よく聞こえない時もあるのか？　落語に出てきそうな話だけれど、実際にそんなことはないという保証はない。下町のある夫婦の会話で「あんた、近所に年寄り夫婦が引っ越してきましたよ」「いやいや、年寄り夫婦だよ」「あーらそうなの。あたしゃ、てっきり年寄り夫婦だと思いましたけどね」。この二人にとってはそんな年寄り夫婦のことなんかどうでもいいのだ。誰かが引っ越してきたことだけが関心事。だから単に言葉の流れに調子を合わせているだけだ。夫婦も長年付き合うと、会話の内容なんて上の空で流してる。自分の世界で物を言っている。人の話なんてどうでもよい。不干渉夫婦で喧嘩も起こらず、年経ることの大事さよ。

　でもそれが男と女の微妙な関心のずれで状況は別となる。「あんた、近所に**赤い髪**の女性が引っ越してきましたよ」「えっ！本当か？　**若い顔**だと？」「そう、**若い顔**ですよ」。これは男の都合で、好み丸出し、本性そのものだが、老夫婦となれば喧嘩も起こらない。女性にとっては赤くても若くても構わない。男にとって何故若い顔がいいのか。年寄ったって女性に美人はたくさん居るのだが、男はどうしたものですかね～、本心をポロリと漏らす。女性の場合はどうか？　近所に若い顔をした男が来たと言われると、「ああそう」くらいで何とも思わぬか、それとも警戒心を持つのだろうか？

　娘となると話はもっと生き生きする。「あんた、近所に若い娘さんが引っ越してきましたよ」「本当か？」「あんたのこと、素敵に年取っていると言ってましたよ」「えっ！　本当か？」「そんこと言うわけないでしょ」。男は完全に探りを入れられる。女は男より上手の手段で脆い男を弄ぶ。

年を取る

年取るということは
若いと思いながら
孤独に耐えることを学ぶこと

2023.4.17

プロ歌手は歌がうまいのか、それとも……

1986年8月2日の夜は、福島県会津地方の桧枝岐（ひのえまた）村に居た。方言音の蒐集（しゅうしゅう）踏査で滞在1週間の最後の日であった。打ち上げということで旅館の川向こうに見えたスナックに総勢10人ほどで出かけた。その日は土砂降りであったが、旅館で夕食を済ませ、全員が参加した。店には客は居なかった。我々の貸し切り状態だった。15～16人も入ればいっぱいという狭い店だった。しばらくしてカラオケが始まった。盛り上がってきた頃に、4～5人の客が元気よく入ってきた。我々が佳境に入る頃、隣組の男が仲間に入れてくれとやってきた。もちろん合流して更に盛り上がった。その男、私の横に座って執拗に聞いてくる。「仕事は何?」「どこから来たの?」「何しに来たの?」「……」。そんなことはどうでもいいこと。それを聞いて何になる? こっちが聞きたい。そういうお前こそ何者だ。この男にマイクが回ってきた。いきなり話し始めた。何やらあか抜けた喋り口で司会を始めた。「こいつ、この土地の人間で、頻繁に出入りして慣れっこになってるな。それにしても慣れ過ぎだ」。その彼が連れの赤ジャンパーの女性を紹介した。「皆さん、この方誰だか分りますか?」。我々は誰も知らない。得意げな彼にはショックだったろう。その赤ジャンの女性が発声練習して唸ってる。美空ひばりの歌を口ずさんでいる。「こいつも店の常連か?」。そう思いながら見ていたら、私の目の前に来て歌い始めた。驚いた。この奥地にすごい歌手が居たもんだ。小心者の私が、多少酔っていたせいもあってついつい言った。「お姉さん、上手だよ。これならプロで通用すること間違いない!!」。その姉さん、私に愛想よく軽く会釈なんかして歌い続ける。よく居る酔客と思ったのだろう。そんな客なんか軽くいなして歌い終えた。その間我々の仲間はポラロイドカメラで何十枚と写真を撮った。その司会の男も歌って、誰が何を歌ったかは憶えていないが、それからすぐに彼らは引き上げて行った。ところが我々が帰る時に、撮った写真が残っていない。やっと1枚探し出したが、他はすべて彼らが持って行ったに違いない。残った1枚もその後どこへいったか分らない。

だから肖像は我々の脳裏に保管されたままだ。ところで彼らは何者だったのか。後日テレビチャンネルを操作していたら、偶然あの聞きなれた喋り方と、聞き覚えのある歌声が耳に飛び込んできた。目を留めた。あの二人が出てる。男の御方は葛西聖司アナウンサー、女の御方はプロ歌手の松原のぶえさんだった。この人は素人の私が言うのだから間違いないが、上手だ。玄人の指導者は細かいことを知っていて、難しい注文をつけるからプロ歌手は技術的には上手に違いない。でもそんな難しいことは素人にはどうでもよく、私のような素人は感性で聴くから、上手なものは上手なのである。もちろん松原さんは、技術的にも優れていると思うけれど、そんなことより感性に響かせるのはプロだ。技術の優れたコックでも、できた料理の味が悪ければ、普通の客でも不味いと言う。私にはよく分らないけれど、上手なのである。テレビで見る若い人たちの歌はあまり上手だとは思わないけれど、仕草で上手を代弁したり、もし映像なしで音声だけを聞いたら、音痴も結構居るだろう。今は歌は見るもの。私は音の流れと言葉をじっくり聞きたい。ああ、葛西さん、松原さん、ところであのポラロイドは今何処に？　邂逅と顚末(てんまつ)のちぐはぐ。これも人生か？

点と線

――偶然と必然――

偶然の連続で
ここに私あり
たまたまなり
すべて
たまたまなり
だが
無限のしじまの大海を
ひとつ歩む
この軌跡は
必然なりや
定めなりや

2023.4.24

天誅沙汰だ

冗談めいたことを書くのが好きだが、最近は馬鹿を言っている余裕も無くなった。チャットGPTというアメリカのオープンAIについての記事が朝日新聞に載った（2023.4.12）。「対話型AI」のサービスとかいう引き込まれそうな言葉だが、これに警告する人のことが出ていた。「世界の全人口を実験台として利用することが許されてしまっている……」。私はITとかAIについては、これによって人間の想像した世界を現実化し続ける様子を見せつけられて、恐ろしくもあり、素晴らしくもあり、関心はあるが分らない。分りたいと思うよりは、分らない方が日常の安泰が保たれる気がする。というのは世間を見ていれば危険この上ないことは実に明らかであるからだ。それでもどんどん進み続ける。便利さを知ると人は不便さを顧みない。嘘をつくことが楽しくなる現実。人の「欲」の結晶は「欲ないこと」に劣る。しかしこれは「良くない」。何故なら欲ないことは、活発さに欠ける。それでだらだらと生きる。ギスギス感は無いが、スリルが無いのは憂鬱だ。だ・か・ら・欲の本質を考え直そうというだけだ。欲の結果で人間を苦しめているのが核。これが第一次危機。次に首を絞めつけているのがIT技術の進展。そして科学技術の進歩、発展が結果としてもたらす地球温暖化も含めて、これは第二次危機。最近の地球事情はここに集約できる。私はその世界に踏み込んでいないから、専門家の意図していない裏の怖さが見える気がする。だが専門家は本当のことを知っているけれど、分っていてやめられない現実があるのかも知れない。両者に共通するのは「分っている」という認識。いつ、どこにも正の裏には邪があって、その邪を考えない限り人は自分の首を絞めることになる。それなら分っていることをまず検討しなければならない。利権が絡む側と、ゼロ側では絡む方に人は向かうが、それを絡ませないようにゼロ側が立ち向かわなければならぬ。病に倒れて初めてその痛みを知るのが欲に漬かった人間の顛末となる。一歩後退する気持ちは勇気の印である。それは同時に前進であるということも人間の叡知が成せる決断である。今はまだそれに気付いていない。くだらない争いは小利口な人間の仕業に過ぎない。ＡＩなる遊び事のような所業の最終目的は何なのか？　生きることは闘争だが、一般市民の知らない所で火遊びしている連中が、火事を引き起こさないように祈るしかない。

精神自爆

コンピュータに人が殺到
情報が漏れて人はたじろぐ
それでも人はしゃぶりつく
甘き食べ物に蠅(はえ)群がれば
食えずして消え去るように
コンピュータの美味(うま)き誘惑は
知らぬ間に心の料理を腐らせる
蠅は子孫を絶やさぬが
人はある時立ち往生
便利屋が大手を振っている時に
努力家が自然の成り行きの中で
本来の生きる喜びを謳歌(おうか)する
人工的繁栄が命ある生き物の前途に
絶望的　致命的予言を呈していることに

気がつかぬか？
人はどこまで精神的後退を
知らずして進む？
物出れば心退く

2023.4.25

ある日の教室風景から

女子学生が30人くらいの教室からの実況である。その様子を想像して頂きたい。全員の気持ちが私に集中している。誰もが率先して何かを話したがっている。このような雰囲気が日常的であれば誰もが積極的に人生を楽しむことができるだろう。学生に気取りや衒いが無いから思わぬ方向に話が飛ぶ。気が付けば学生のペースに巻き込まれ、年甲斐もなく一緒になって話の輪に溶け込んでいる。それも人社会の瞬間描写と思えば、共存の最たる光景である。……と信じたい。そうして時が過ぎてゆく。果たして何が残るのだろうか？現場中継である。

出席を取りながら

私　「……Oさん」

N子「先生、今日はO子の誕生日なんです」

H子「先生、フランス語で誕生日おめでとうって何て言うの?」

私　「Bon anniversaire」

繰り返させるが、何か違う発音をしている。

M子「ところで先生の誕生日はいつ?」

私　「5月8日」

M子「えっ!　私は10日であの子は12日だ」

全員「先生おめでとう」(拍手が起こる)

N子「いくつになったの?」

私　「ありがとう。48だ」

N子「それじゃ、家のお父さんよりも若いんだ。先生は髪の毛は白いけど……」

M子「先生、嘘だ。本当のこと言わないと怒るよ」

私　「そうか。68になった」

多数「見えない。へェ〜」

N子「先生、家のお父さんはね、髪の毛黒いけれど、数が少なくて散らかってるの」
全員「ハハハハハ……」
H子「先生、家のお父さんは髪は黒いけれど、胸毛が白いの」
全員「ハハハハハ……」

何たる風景だけれど、可笑しい。現代っ子学生のあっけらかんは歯切れがよい。それで授業が盛り上がる。教師は学生に押しまくられる。皆、素直でいい学生たちと思うが、とにかく陽気で楽しい。節操がないような、しかしあるような。風景が貧しいようであるが、この中に実りあるものは何か？　話題を引き出す掛け合いの脳刺激は活発だ。寂寥（せきりょう）感は否定できないが、温かい何かを体感できる原点はある。教育はここから始まるのではないか？　学生には感謝である。ところで学生は私を何と思っているのだろうか？　教室は掛け合い合戦場である。私は常に教育の原点に置かれていて、早く次のステップに上りたい。

学生と向かい合って

知識はないよりある方がいい
だがそれは幸せのために
絶対に必要なものでもない
若き魂が迷ってる
幸せはもっと身近にありながら
難しい何かを求めてる
その中で
生きる元気を教えてくれる君達だから
私が君達の幸せを祈らずにはいられない

2023.4.26

高千穂で思ったこと

私は旅が好きだが、今までに日本の津々浦々を歩いたわけではない。旅をすると人に出会って話をするのが楽しい。狭い日本だけれど異文化の地を訪れることもある。これから話すのは昭和57年（１９８２）夏に、宮崎県の高千穂に行った時の記憶に基づいている。41年前になるが、今でも思い出せるというのは印象の深さが大きかったということでもある。

高千穂は宮崎の北部に位置し、大分、熊本に接する狭い地域で、言葉に興味がある数人での旅であったが、ある言葉は聞いて簡単に筆記できるものではなかった。もちろん仮名では書けない。ある晩、その日の出来事の話題の中に、「かけす」という名前の鳥の話が出てきた。人の声を真似ることが上手な鳥らしい。翌日あるお宅にお邪魔した際に、その鳥のことを聞いてみた。「人の声を真似ることの上手な鳥で、山などを歩いている時に咳払いのような声を出す鳥が居るというけれど、その鳥の名前は何？」。主の爺様は考え込んで、「そんな鳥はいない」。奥の台所の方で婆様が聞いていた。「それ……でないか？」。爺様それを聞いて思い出した。「そう、居る居る。……か？」「そうそう」。二人は分ったようでも、私には分らない。爺様が私に振り向いて教えてくれたが、聞き取れない。聞き返すと、爺様胡坐(あぐら)をかいていたが、急に正座した。そして唇を舌で舐(な)めてから緊張の面持ちで何やら発音した。「カージンボ」。だがこの仮名表記は発音を忠実には示していない。記号で書くしかない。発音がどうのということに興味がない人には飛ばして読んで頂こう。[kœ:dʒïmbo]と発音したのだが、驚きの一瞬だった。まさか日本語に[œ]の音が出たとは、この土地は……思いが走る。その爺様にどのように書くのかと聞いたら、「まあ、書けねえ」と答えた。書けない日本語をよくまあ使っているものだ。「カージンボ」の「ー」の音が仮名では書けない。「ア」でも「エ」でもない。

その後、会う人たちに聞いたところ、熊本から来た人は「キャージンボ」。宮崎から来た人は「カイゼンボ」とか「カイジンボ」。大分から来た人は「ケージンボ」「ケーゼンボ」のように言っていた。これは何とか仮名で書ける。

何故この高千穂の狭い地域に異質の音があるのか。木のてっぺんに巣をかけるので「かけす」という辞書の説明はよく分る。しかし「カー」とか「ジェ」とか「ンボ」というのは何だ？　仮に「カージェンボ」として考えよう。これは日本語ではない。「かけす」のことを英語で jay [dʒéi]、フランス語で geai [ʒɛ]、他の外国語では……興味ある人はお調べ下さい。

「カージェンボ」の核は「ジェ」か？　とすると「ンボ」は何だ？　言葉遊びに熱が入る。日本語では親しみを示す接尾語として「坊」を付加する。「甘えん坊」とか「けちん坊」なんて言う。では何故「ジェン坊」なのか？

17世紀には長崎にポルトガル人が住んでいた。ということはもっと昔に遡(さかのぼ)れば外国人がこの辺りには来ていて、行動範囲を広げていたことが想像される。日本には太古の昔から西洋人が来ていた可能性はかなりある。以前訪れた青森県の十和田湖から三戸に向かうバスは、かつてキリストが来たという村のそばを通った。今でもその村ではキリスト教の行事が行われているという。また秋田県の男鹿半島の先端には漢の武帝が5頭の白鹿を連れてきたという伝説もある。よく知られた「なまはげ」と同じ習慣がドイツバイエルンやオーストリアにもあるということ。日本は世界から孤立していたのではなく、大昔から世界と繋がっていたことは想像できる。例えば西洋人がこの土地に来て、「かけす」を見たときに「オー、ジェ」と言ったのを、土地の人がこれは「ジェ」という鳥なのだと意識したのかも知れない。「かけす」は人の声を真似るらしく、おそらく土地の人がその慣れ親しんだ鳥の声を聞いて「またジェン坊が鳴いている」と語るようになったのだろう。では何故「カージェン坊」なのか。「かけす」はカラスに似ていて、普段は「カーカー」と鳴く。そこで「カー」と鳴く「ジェン坊」、つまり「カージェンボ」となったのか？　言葉は歴史とともに考えると面白い。これは素人の言葉遊びに過ぎないが、高天原(たかまがはら)という土地柄だけに興味を持つ。

天孫降臨のこの地には神秘さが漂う。高千穂神社の宮司さんの「天岩戸」の説明も、重々しく、神々しくもあった。「天の岩戸で**ございます**」。あの日の「ございます」が妙に耳に残っている。

この瞬間

どんなに素晴らしい景色を見ても
限りある
だが見て限りなきもの
それは人
人に会い接する喜びは
無量の生きがいにして生きる力
旅をしながら人の宝を探し求める

生きることは旅すること
果てがあるから
人は夢中になる
旅の途中でふと思う

2023.4.28

男鹿半島で思ったこと

日本はアジア大陸の東端にあって、西から伝わった文化が、日本でせき止められるような地勢になっている。特に日本海側の地には、と豪語はできないが、少なくとも大陸と関係ある文化が伝承されているように思われる。きちんと調べればとんでもない歴史があると思う。日本は狭いし、旅をすればいろいろの発見があると思うが、気力はあっても暇と先立つものがない。ただ遊び心の中で話すしかない。

私は幼い頃に、秋田県の男鹿半島の先端に近い脇本という土地をたびたび訪れた。母の実家があった。それで今頃になって思いついたことがあり書いている。秋田駅から男鹿線

（かつては船川線といった）に乗ると船越（ふなこし）という駅があり、そこを過ぎると日本海と八郎潟を結ぶ水道橋を渡る。するとがらりと異なる文化圏に入る。と私はかねがね思ってきた。言葉については、その地に踏み入ると外国に来たようである。訛（なま）りの強い外国語のように響くが、温もりのある言葉だ。例えば「じゃがいも」は、船越までは「にどいも」とか「ごしょいも」とか言っていたのが、この水道橋を通り過ぎると「あんぷら」に変わる。日本語の響きではない。片仮名で「アンプラ」と書いた方が落ち着く。でも違う。「アンプラ」でもなく「アプラ」でもなく「あんぷら」なのである。と言っても分りにくいだろう。私だけが体感して知っている響きである。[æmpra] に近い。ただの旅行者ならば聞いて、笑って済むのだが、それが済まされずに気にかかる。興味つっつっになっている。いや、津津（しんしん）なのである。

何故こんな外国語のような音がこの地にはあるのか。仮に英語の apple [æpl] の変化したものと考えれば、かつて英語を話す人が来たのだろう。apple はりんごだが、じゃがいもが何故りんご？　売っているじゃがいもは決してりんごには見えないが、地中から顔を出したじゃがいもはりんごのようだ。現にじゃがいもを「大地のりんご」と表現する言語もある。じゃがいもをりんごになぞらえる言い方だ。例えばゲルマン系の人間やラテン系の人間が来ていたとしたら、初めてじゃがいもを見た時に「オー、アプル！」と言った。

それを聞いた土地の人が、これを「エァプロ」→「アプラ」→「アンプラ」のように聞いたのではないか。男鹿はじゃがいもの産地でもあるから目につきやすい。大陸から海を渡って西洋人が来た？　あり得るか？　この土地には「なまはげ」という奇習がある。あの面は日本人の顔か？　鼻が高く、目がギョロっとしていて、細目で鼻が低い日本人とは違う。秋田の図書館で、なまはげについて「目は青く、ギョロギョロと……」という記録を見た。まずヨーロッパ人が来たという可能性は高い。なまはげと同じ習慣が同緯度のドイツバイエルン地方にあるというのを、かなり前のことだが新聞記事で読んだことがある。ドイツの友人によれば、ドイツはもとよりオーストリアにもあると言っていた。大昔に人は冒険を重ねて、習慣を世界中に広めたのであろう。男鹿半島の先端の地域にはヨーロッパ人が来た可能性が感じられる。それから私が子供の頃、夕方になると早く家に入れと言われた。「神隠し」があるから外に居てはいけなかったのである。その頃既に子供がさらわれることが多かったようだ。舟でしか行き来ができなかったから、大陸から日本海を経てアジア人は多く来ていただろう。その中にヨーロッパ人も居た可能性は大きい。国境なんてなかったし、自由に往来して各地に風習をもたらした結果がこうして言葉の中に、また伝統として受け継がれているのだろう。旅は楽しい。土地の人と話せば更に楽しい。

男鹿路行

寒風山(かんぷうざん)のてっぺんに雲ひとつポカン
ふらり眺め行く
道端に咲く親知らずの一輪
語りかけ
予期せぬ対話に
旅の友を得る
日落ち赤嶺(あかね)は心を促す
夜気はとめどなくおしよせ
はるか遠い村の灯り一つ　二つ……
見え始めるころ陋屋(ろうおく)にたどりつく
男鹿路は遠く　男鹿の日は短く
ふらり今日も行く

2023.4.29

うがい

コロナ禍においては「手洗い」と「うがい」は必須である。コロナ禍だからというわけではなく、風邪の予防には常に必要だ。うがいといっても普通は「ガラガラ……ペッ」で終わり、水は喉の奥まで達していない。

そこで思いつくのが鵜飼（うかい）。鵜は喉だか食道だかわからないが、その辺までアユを飲み込んで吐き出す。決して鵜は「うがい」しているわけではない。人間の「無理強い」は腹の減った鵜にとっては迷惑な話だが、それにしてもよく息が詰まらないものだ。人間だったら死んじまう。鵜のみにすると言ったって、そのまま飲み込んでしまうわけでなし、吐き出さねばならぬのだから、そんな話を鵜のみにするわけにはゆかない。思えることは、鵜は風邪をひいたり、コロナに罹（かか）ったりすることはないだろうという推測。どうしてかって？　鵜の喉は常に洗浄されて綺麗だから菌やウイルスなんかは寄り付かないと思うから。人間もできる限り広い範囲で喉を水洗いできるといいのではないか。肝心なのは喉に張り付いた菌やウイルスを洗い流すことだから、水をできるだけ奥の方まで入れてうがいするのがいいのだろう。しかし人間は鵜じゃないんだから、胃の近くまで飲んだ水を、外に戻す芸当など不可能だ。大体うがいの時に、そんなに奥まで水は届かない。普通は皆が「アー」と言いながらうがいしている。「ウー」とか「オー」と言いながらうがいしている様子は想像できない。たまたま「イー」と言いながらガラガラしてみると、かなり奥まで水が届く。気まぐれの試みから、私は「イエアオウ」と言いながらうがいするようになった。「イ」の時が一番奥まで水が届く。でもこれはコロナ禍で学んだことで、喉の奥過ぎて危険だから「イイ」加減にしないとダメだ。「イイ」ような「ワルイ」ような。

水に流して

――じょうろに穴があいているの

――えっ！　じょうろに穴があいていなければ水はどっから出るの？

――そうじゃなくて　そこに穴があいていて……そこって　どこよ？

――（赤らんで）　ああまったく……あっちよ

――まあ怒らずに水に流しておいて

2023.5.1

日本語を伝える

思いつくままに日本語を書いているが、だんだん面白さが増してくる。平仮名、片仮名、漢字、そしてローマ字なんかも出てくる。この中の漢字というのは不思議な表記体である。漢字一文字がすでに言葉であるという、同時に音を表すというＡＩの先駆けのような存在である。日本語は他の言語に比べれば、相当複雑な思考形式で成立しているのではないか。「流石ですね」というのを「りゅうせきですね」と読んだら顰蹙（ひんしゅく）を買うだろう。アナウンサーが突然原稿を渡されて、失敗したら可哀そうだ。こんなのは誰もが知る言葉だから……というとプレッシャーをかけることになるけれど気にしないで欲しい。誰だって頭の中では「さすが」ではなく、まず「りゅうせき」って言っている。そこで知識を披露する手順を踏んでいるはずだ。私は難読漢字に自信はない。まず今使った「顰蹙」というのを突然見せられたら「ひんしゅく」なんて読めない。言葉の勢いで読める振りしているだけだ。こういう言語って他にあるだろうか。「美味（おい）しい」「出汁（だし）」「真面目（まじめ）」「生憎（あいにく）」……日本人は二重言語どころか無意識の多重言語話者であり、使う言語脳も音韻文字を使うヨーロッパ人とは違うのではないか。

名前に「大和」という人が居る。歴史で「大和の国」と習ったから「やまとさん」と言うと違うという。どこかの会社名で思い出し、「だいわさん」と言うとまだ違う。「おおわ」だと！「東海林」という名前を見るから「しょうじさん」と得意げな顔をして言うと、「とうかいりん」だと！　何だい、一体この国は。至る所で試され続ける日本人だ。大きな会場で青年が大きな声で文書を読み上げた。「……については、まめんぼくに考えて……」。皆、シンとしている。司会者が「まめんぼくって何だ？」。青年は堂々と言った。「分りません」。それならもう少し気まずそうに言ってみてもよかった。司会者が「それはまじめと読むんだ」。そこで一同が笑ったが、それまで誰一人クスっとも笑わなかった。ということは、どれほどの人がその読み方を知っていたのか。そんな日常があるのが日本だけれど、何時（いつ）、何処（どこ）で恥をかくか分らない。

日本語は複雑である。でもそうした問題をうまく乗り切る方法がある。漢字の読み方も、書き方も分らなければ仮名で書けばよい。仮名書きは句読点無しで長くなっても、読めば意味が分る。日本語は一語で通じる言語に見える。英語は分ち書きをしないと読みにくい、というよりそれを通り越して読めないだろう。例えば、

〈butforthenewspaperswhichinformusofwhatisgoingonintheworldfromdaytodayweshouldf eelagreatdealofinconvenienceinourdailylife〉

これは立派な英語だが、さっと読めるか。読めない。個人情報の暗号のように見える。ところで日本語ではどうか。

「ひびせかいでおこっているできごとをしらせるしんぶんがなければわれわれはにちじょうせいかつにおおくのふべんをかんじるだろう」

一息で読めるし、意味も付いてくる。仮名という音節文字の羅列にすぎないが、全く平らに読んでも意味は分る。音韻文字と音節文字の違いだ。これを漢字仮名混じり文にすると、

「日々世界で起こっている出来事を知らせる新聞が無ければ我々は日常生活に多くの不便を感じるだろう」

とても読みやすい。視覚も同時に働いて絵を見ているようだ。英語は記号の羅列で、聴

覚だけによるイメージ想起だから、とりわけ音声には敏感となる。平らというわけにはゆかない。その点日本語は、視覚で補う割合も多いので音声には鈍感なところもある。英語がアクセントや、イントネーションに神経質になるのは必然だが、実際に日本語の場合、アクセントがどうのと言うけれど、平らに発音しても不都合はない。事実、関東と関西でアクセントパターンが逆になるが共に許容され、会話に支障はきたさない。それは日本語の伝達の本質がアクセントやイントネーションとは別の相にあるということかも知れない。言語伝達に於いて別の手段、例えば文字による伝達性のようなことを考える必要もあるのではないだろうか。日本語はあるところまで習得すると、奥深い面白さが見えてくる言語である。

ところで上記のローマ字列を分ち書きするとこうなる。読みやすくなるが、音と意味の結合が優先している感がある。絵を見ている感じはしない。

〈But for the newspapers which inform us of what is going on in the world from day to day, we should feel a great deal of inconvenience in our daily life.〉

何やら難しそうなことを言ってしまった。こんな頭は無いのに、言い始めると止まらなくなって、どんどん好き勝手に筆が動く。人には喋り好きでも話し下手があるように、筆好きでも語り下手というのがあるだろう。頭がヘタヘタになってきた。限界。

文字

ひとつ文字が息をする
人が居て文字が生まれる
あるがままに伝えて
文字が輝く
顔が心の写しのように
文字は人の影・姿
気負いの中で筆が走れば
勢い人に悟られる
文章は人まねできても
文字はその人

字習い事は美しくても
一歩進めば
文字の声を聞く
人が居て文字はある

2023.5.3

直球・三振

数年前のことだが、当時利用していた銀行の行員が二人ずつ何度か訪ねてきた。何を勘違いしたのか、投資の話を持ってきた。金持ちに見えたのか？　預金額でも見たのだろうが、焦って一桁間違って読んだようだ。それだけ銀行も苦しい内部事情があったのかも知れない。そんなことはないだろうけれど、いずれにしても私はそんな話に全く興味はない。投資する金があったら、海外旅行をしたり、国内でもいいから温泉旅行でもしてみたい。温泉も一度つかればあとは夕食を取って、一杯飲んで寝るだけだから、特別どうのということはない。自宅は狭い土地に15～16年、窮屈そうに建っている。なんで私の家に来るのか？　しかも二人で来る。私の顔と様子を見れば分りそうなのに、銀行員たるもの人を見る目がない。私は初めから投資には関心がないと言っているのにその後も何度かやって来た。向こうも色々対策を講じてきたようだが、こっちもその手は桑名の焼き蛤（はまぐり）と思って防戦する。それ以来ピタッと来なくなった。私にとっては幸いだった。あれから数年経った。今思えば懐かしい攻防戦だったが、もし今来たら気は変わるか？　冗談にもそんなことあり得ない。私の日常は平らに、恙なく流れている。銀行員が去って、月日も早や過ぎて、思い出す。これが「行員、矢のごとし」と世間ではよく言ったものだ。

ところで時は過ぎても、私にはまだ馬鹿を言っている余裕はあるようだ。話題の銀行員は今も飛び回って顧客を集めているのだろう。**光**刺せば**陰**ができ、**矢**張り日常もその**ごとく**、そんな具合にどこでも誰でも生きている。「光陰矢の如し」だ。ちょっと違うかな？

私が投げた直球で三振を奪った結末も、つい先日のことのように思い出す。

光・影・そして人

旅をしていた

光当たるところ
すべてはじき輝いていた
目を見張り
感嘆の息を感じてた
心動けば動くほど
旅はむなしかった
光の背後に影を見た
その影は
地上に放り出され
日暮れてすべてが消えていった

2023.5.14

病人を見舞う

重い、軽いはあるけれど、病気にならない人は居ない。私の場合、最近は殆ど無くなったが、かつては時々びっくりするほど痛いぎっくり腰とかいうびっくり腰を経験した。何を言っているのか私にもよく分らない、本当に痛くて辛い症状だ。立ち上がるのに一苦労、トイレの用足しに二苦労、くしゃみなんかに痛みが走ってストレスが溜まる。それでも根が真面目なのか無茶馬鹿なのか分らないけれど、仕事を休んだことはない。電車に揺られるのはいいとして、座席に座ると降りる時に立ち上がれない。吊革にまず手をかけて体を引き上げる。人前で話をしている時に、体のちょいとしたひねりにカクンとなる。経験のある方は、その辛さをよく知っているはずだ。相手は様子に気付いて「大丈夫ですか?」と声をかけてくれるが、「だめだ」とは言えなくて必死に堪える。こんな時「もうだめみたいだ」なんて言ったら、どんなことになるか。思うだけでもおおごとになって恥を晒すことになるから、そこは無理して抑える。ぎっくり腰は時間が過ぎれば自然治癒することは分っていても、痛みの最盛期には回復の希望なんかはまるで消えてしまって、おまけに先々の姿を想像しては落ち込み暗くなる。かといってどうすることもできない。病に伏して喜ぶ馬鹿は居ないけれど、いざ回復した時には健康の有難さを今まで以上に満喫しているそんな自分を想像しながら、抜けた腰を摩(さす)っているしかない。どうせぎっくり腰の最中は、何もできないのだから、そんなことでもしながら時間を稼いでいる。健康人が健康の有難さがどうのこうのと言ったって、夢の中で宝くじが当たったたようなものである。現実は経験なしでは語れない。世間でいう厄年の時に私は腸閉塞になり、死の一歩手前で助かった経験がある。意識はしっかりしているので、周りの人の話はよく聞こえる。ただ痛いのだ。見舞いに来てくれて、「痛いでしょ?」とか「可哀そうに」と慰めてくれるけれどそんなの当たり前のこんちくしょうのこんこんちきだ。それで痛みが取れるわけでなし。今言われたくはない。見舞いというのは回復期に来て欲しい。生半可な言葉は必要ない。私の友人で、祖母(ばあ)さんが病に伏して眠っていた時に見舞ったらしいのだが、黙って帰るわけにもゆかず、ひとことそっと言ったそうだ。「安らかにお休みください」。その時祖母さんかっと目を開いたそうだ。病人にも都合というものがある。面会したくない時だってある。そんな時は狸になる。分る。神経をとがらせている狸だから、見舞う方としては手ごわい相手だ。病者と見舞い者、双方の気持ちがとがっている時だから、見舞いは病者の心の安定期に行うのがいい。

心

燃えている時に
頑張ってという言葉
留まる力が倍となる
沈んでいる時に
頑張ってという言葉
留まる力が仇(あだ)となる
どちらも励ましに変わらねど
上向く時とうつむく時
揺れ動く受け手の心

2023.5.17

会話がどんどん遠ざかる

あるレストランで食事をしていた。年寄り風の男性が入って来た。少々足が悪いようだ。店員を呼んだ。メニュウを見て注文したが、ここはタブレット注文の店。店員が教えて一品を注文した。その場で支払おうとするが、店員が「あとで伝票を持ってレジで……」。男性、分ったような、分らないような生返事をして、コーヒーが飲みたいと言う。「ドリンクバーを選んで……」と店員が教えて、その方へ案内する。ドリンクバーの前で金を払おうとすると、「あとからレジでまとめて……」。男性は「ハー」とか言って、コーヒーを自分で注いで持ってきたが、帰り際にコーヒーカップを持ってレジまで行き、支払いを済ませた。何と年寄りに負担をかけることか。以前のように店員が注文をとって品を持ってくるというのが、人社会の中で一番自然でいいのではないか。だんだん人と会話をしなくていいような時代になっている。普段から会話をしていないと人間不信がどこかに芽生えて、いざの時に人の底力が発揮できない。

二十歳(はたち)に満たない若者が、白昼堂々と宝石店で強奪する。無茶だ。寿司屋のテーブルに置いてあるつまようじを使ってもとに戻したり、調味料入れを舐(な)めたり……自らＳＮＳに投稿して恥を晒すことになるのだが、そんなことをすればいずれマスコミが取り上げて社会問題になることくらいは予測していないのか。しかもそれに対して周りが何も言わず、手も打たなかったのが不思議だ。独り立ちの心は大事だが、まるで反対の方向に走っている。機器に翻弄されている姿が丸見えだ。今は人を排除して機械に頼るという異状に気が付いていない。人社会は人が中心なのだから、今すぐ考えるべきことがあるだろう。結局は教育に帰する。今は理系が大手を振るっているけれど、大事な人間の心を見直すのは今でしかない。

　これからは家の中でも親子の会話がスマホで済ませられる時が来る気がする。自分の部屋にこもって、自由を満喫する。それは満喫ではなく、無意識の孤立を経過して、孤独の助長でしかない。人に聞く前に、チャットＧＰＴとかいう辞典の神様のような便利グッズにすがって解決する。これでは会話が必要なくなる。奇妙なことだが、わざわざ国際会話デーのような人工的な日を設けて、人の絆を見直し、死守しようとする日があってもいい。この日は世界中でレストランのタブレット注文なんかはやめて、そして同時にそれに類似する仕事に於いても、スマホのような便利機器を１日だけ放棄する。ものすごい不満が出るだろう。その日の会話量の増大は至る所で計り知れないが、やがて大事なものが見え始める。不便さは明らかだが、そこで初めて気の付くことがある。昔から諍（いさか）い、争い、戦争のようなことは起こっていても、今は既にその質が取り返しのつかない危機にまで追い込まれている。すべての人が言葉を見つめなおせば、機器以上の力を発揮できること間違いない。いや、それしかない。言葉はそれぞれ違うけれど、その本質は普遍である。

　ところで寡黙の人は話すのが嫌いなのか、人が嫌いで話したくないのか。或いは話し出すきっかけがうまく掴（つか）めなくて、会話が後手に回るから聴き手になる結果、そうなるのか。はたまた既に機器に会話を蹂躙（じゅうりん）されて言葉を失っているのか。しかしどんな人でも無口とはいえ、口は有るのだし、口は食物を取り込むために欠かせない。また口は声の吐き出し口でもある。障害で発声に不自由をきたす人も、発音に支障をきたす人も、機器は使っても、言葉を忘れることはない。言葉があって機器が動いている。人を動かす言葉がまずあって、人を揺すっている。彼らの方が言葉の本質を体得しているはずだ。言葉が人を動かすのであって、機器が人を動かしているのではない。人の絆は言葉にある。その言葉を大事にしようと言ってるだけだ。

夫婦（めおと）

慌てて上る駅の階段
耳に飛び込むしゃがれ声

「この階段　何段あると思う？」

「三十五段」

「……四十五段だよ」

振りむけば老夫婦
男と女の付き合いは

会話という弓と弦
響くヴィオロン

さりげないやりとりに
通りすがりの私が
心熱くしている急ぎ足

2023.5.23

替え歌

庭のゆすら梅が実をつけた。梅干しの梅とは違って小指の先位の小さな真っ赤な実である。甘酸っぱく個性的な味がする。赤い実、赤い実と頭のどこかで言っていると思い出すのが小学校の頃よく歌った「赤い鳥小鳥」である。「赤い鳥 小鳥 なぜなぜ赤い 赤い実を食べた」。そのあとに白い鳥と青い鳥が続く。私の子供の頃はそうと信じて真面目に歌っていたが、今の子供たちはどうか？ 園児ならばともかく、若い人気グループの飛んだり跳ねたりしている歌の舞台を見ている子供たちに、赤い小鳥が赤い実を食べたから赤くなったというメッセージは、郵便ポストはなぜ赤い？ それは赤いペンキを塗ったからという類の問答に過ぎない。即座に一蹴されそうだ。私は幼稚園には行かなかったので、小学校で歌ったのは事実だ。良し悪しなんかは別として、かつては単純だった。今はそうはいかない。はるかに賢く、複雑だ。たまに新聞に載る小学生の算数の問題に手を付けてみるが途中で放棄する。現代っ子はここまで考えるのかと感心する。私の夢と現実の乖離は甚だしい。気持ちの夢を膨らませて、「大きい鳥 大鳥 なぜなぜ大きい。大きい実を食べた」と替えて歌ったら、直感で浮かんだのは「カラスがスイカでも食ったのか？」。何たる粗末さに自分が情けない。現実が夢に勝って、大事な心の支えを見失っている。時に経験は心の支えを破壊する夢壊しとなる。実際にカラスがゴミ捨て場でスイカを食べているのを見たことがある。それが発想の貧困に結びつく。経験力が豊かだと、別の上品なカラスも見えていただろう。大人になるとこんなふうに夢を忘れて可愛げがなくなる。そして子供にはない別の想像力が働いて、清純な道から何かに塗れた空間に安住する。逸れるのはいいとしても高尚に留まることを忘れる。終いには小さい鳥がゴマの実を食べるにまで至り兼ねない。

子供が歌って落ち着く歌を、大人が真面目に歌うとどこか変だということは確かだ。「赤い鳥小鳥」にしても、大人が真面目に舞台で歌う姿は考えられない。ましてオペラの中で真面目に歌う姿と、同時に黙ってそれを真剣に聞く聴衆が居たら、童謡革命だ。大人は駆け引きの権化だから、それはそれで価値があるかも。

ところで子供の歌を替え歌にして遊んでる大人がいる。誰とは言わない。春の緑の葉の裏側に、真っ赤な小さな実が輝いて、子供の頃を思い出している。「赤い鳥 小鳥……赤い実を食べた」と声に出さずに歌っている。庭のゆすら梅、見栄えは小さくて、華奢(きゃしゃ)だけれど遠い過去を思い出させる赤い実だ。その隣に金柑(きんかん)の植木があって、黄色い実をつける。子供なら「……黄色い実を食べた」と歌うだろう。友人から庭のゆすら梅でジャムを作ったと知らせがあった。気品さが漂ういい便りだ。一方話題作りのその人は気品がなくて違う方向に走り、大きい鳥を想像したら、カラスが大きなスイカの実を食うに至った！　こうして酔狂(すいきょう)な話に落ち着く心地の悪さかな。

赤提灯

「梅酒お願い」

「どのように？」

「生(き)一本で」

「はっ？」

「生一本……」

「……」

「あのー……何も入れない生(き)って生(なま)って書く……」

「なま酒一本ですか？」

「いやその……オンザロックでもなくて……」

「ストレートですね」

「はっ？」

言葉の通じぬもどかしさ

「白湯(さゆ)くれる？」

「さゆ？」

「……ただのお湯……お金払ってもいいよ」

2023.5.24

庭の苺とインド３０００年の旅

去年、植木屋さんで苺の苗を一株買って育てたら、いくつか赤い実をつけてその年は終わった。根がしっかりしていたので捨てることもできずに放っておいた。一年草と思っていたのだが、寒い冬も終わる頃、庭に鉢ごと放り出されていた根から春の陽気にどう間違ったのか芽が出てきた。水をあげたら日に日に大きくなり、５月になったら白い花が咲き、やがて中心に白い実が生まれ、だんだん色づいて食べられるまでになった。小鳥が来るのでその脇に猫の置物を置いた。幸いこのお陰で小鳥が来た跡はない。赤くなった実はすくすく育ち、今日５つばかり収穫した。気が付けば今日は母の祥月命日。

私は子供の頃から仏壇に水を供えることを教わってきた。祖母が毎朝仏壇に「あか（閼伽）」を上げると言って水を供えていたのを思い出す。子供心に「赤を上げる」？　何だか分らずに、赤くもない水をどうして「あか」というのだろうかと、聞くこともなく脳裏に刻まれていたが、大人になってそれがインド発祥のサンスクリット語から来ていることを知った。もう３０００年も前のことである。aqua- は「水」であり、aquarium（水族館）のような語に痕跡をとどめている。ちょっと気障（きざ）なことを言ってみた。だが遠いインドの言葉が仏教を通じて私の祖母の口から聞こえていたのは不思議だ。祖母は新潟の人だったが、今でも水を供える時、私は閼伽という言葉が自然に浮かぶ。歴史を感じる瞬間が日常の中にある。人って歴史の中で繋がっていることは確かだ。

このようにして私は子供の頃から仏前に物を供える習慣が自然と身についている。珍しいものはまず仏壇に供えて報告する。今年初めて苺が仏壇を飾った。この習慣がこのたび苺と水を結びつけてインドにまで話が及んだ。今朝の苺は小粒だけれど、自家産の苺は赤いダイヤモンドだ。色や形は控えめだけれど、淡い達成感に私は気を良くしている。夕食に添えて収穫の喜びを味わった。とても美味しかった。

インド3000年の旅は大げさだけれど、その息遣いが今でも日常に聞かれるということは、歴史は遠いけれど近いものだという感覚を、庭の片隅の質素な苺が私だけに教えてくれた。

時間を友にして

時間は年を取らぬのに
私はいつか年を取る

何故と言って誰に問う？
幼い頃の私が
今もこうして続いてる
時間は変わっていないのに
私は大きく様変わり
笑った顔もぎこちなく
気が付けば
親しき人が一人二人と旅立って
あたりは見知らぬ人ばかり
時間はすべてを知っていて
問えばいつでも返事する
すべてが過去という名のもとで……
時間はいつでも傍(そば)に居る

2023.5.25

生き方検証

歩いていたら1円玉が落ちていた。時々あることだ。君ならどうする？　100円玉が落ちていることは少ない。おそらく誰もが拾って自分のものとするからだろう。1000円だったらどうする？　すぐに拾ってポケットには入れにくい。かといってどこに届ければいいのか分らず煩わしい。落とす方は気が付かないが、拾う方は気が気でない。言ってみれば迷惑なことだ。私はまだ1000円の経験がないということは、見つけた人は必ず拾ってどうにかしているということだ。手に入れたい気持ちの前にどんな心の騒ぎがあったのか。1円の場合はちょっと事情が違う。1円玉に動揺している私も情けないと実感するが、果たしてどうするか。無視して通り過ぎるか、立ち止まって一瞬考えるか、すぐ手に取るか。どのやり方も善悪を問われるほどのことではないが、皆さんそんな時を経験されてはいませんか？　高が1円と思っていても、お金の価値は価値として、それを拾うことの冒険は当人しか分らない。私は無視して通らない。通り過ぎてから3歩ばかり歩いて忘れるならばいいのだが、鶏ではないので数十歩くらいの間はその1円に引っかかっている。その煩わしさを避けるためにも拾うことにしている。そのまま進んでしまった時は、引き返すわけにもいかなくて、後々思い出すこともあり、これは健康に悪い。それでは立ち止まって一瞬考えることはどうか。経験から言えば、結局拾うのだが挙動不審者の姿を晒す。これは推薦出来かねる。いずれにしても拾った1円をすぐにポケットには入れられない。まだ他人のものだから落とし主が現れるまでは握りしめて歩き続ける。それでその場所が見えなくなる所でそっとポケットにしまう。気が小さいからその瞬間もスリルがある。拾うも拾わぬも自由なのだが、他人の物を自分の物にするというのは、この場合はまさに負の勇気だ。1円という低価値感の幸いもあって、白昼堂々と人さまの物を手に入れる。低価値とはいえ1円が無くて用が足せないことはたくさんある。だがこのために使ったエネルギーは割に合わない。これがもし落ちていたのが1000円だったらと思うと想像しただけで疲れる。そういう場面に遭遇した人は、相当のエネルギーを費やして、結局は自分の物としているのだろう。私だったら……届けても受け取った方で困るだろうし……どうしてよいのかよく分らない。1万円だったらまず交番に届けるだろう。だが交番に持ってゆくときの気持ちを考えると、防犯カメラや目撃者のことが浮かんで動けないだろう。まず自分が落とすことはあっても、絶対に落としてもらいたくない。せいぜい落としてくれていいのは、1円か10円くらいにして欲しい。

確かめながら

見えるものを見る人よりは
見えぬ何かを観る人の方が
哲学者である

聞こえる音を聞く人よりは
聞こえぬ何かを聴く人の方が
宇宙の呼吸を知っている

一人散歩道

2023.5.28

びわ子連れ去り

私の家は16年前に建て替えられた。その時に庭に1メートル位のびわの木を植えた。毎年、伸び育って今や3メートル近くまで大きくなった。幹の太さは私の上腕位であるから、大したことはないのだけれど、毎年実のなるのを楽しみにしてきた。これまで一度も実現しなかったものの、それが今年は冬に花が咲き、3つ実をつけた。朝起きて見るのが楽しみだった。この2か月ほどはもうヒヨドリのロベールもソフィーも北国へ行ってしまって、このびわの実をつつく鳥も居なくなり、最近メジロも来なくなり、安心しきっていたら、今朝3つのうちの2つが消えていた。鳥がつついたのならその跡が残るのだろうに、実が丸ごと消えている。現場を捉えたわけではないから、濡れ衣を着せるわけにはゆかないけれど、これはカラスだ!! 既にピンポン玉くらいのオレンジ色の実をもぎ取れるのはカラスしかいない。そう考えると「憎きカラスめ、喉に種を詰まらせて死んじまえ」と言いたくなるが、私はそんな惨(むご)いこと言える性格ではない。後の祭りとなってしまったが、早くから袋でも被せておけばよかったと思う。しかし実のある場所は高くて袋どころではない。ところで残った1つはどうしよう。16年目の春だから、人間だったら生まれて高校生になるほどの年月だ。それを耐え、やっと若き3姉妹の結実だったのに何と残念!! びわの実を食べたカラスはどこかで歌でも歌って喜んでいるに違いない。我が家に時々顔を出し、私がマリアと名付けた大御所だから、まあ……、いいっか。だが本当に種が喉に引っかかってガハッ、ガハッとしていたら、悔やんでいること間違いない。歌どころではない。「カラスのおじちゃん何故泣くの？ コーケコッコのおばちゃんに、種なしびわの実ほ〜しいよ〜、小さいびわの実ほ〜しいよう〜と、ガハッとガハッと泣くのね」。いつかどこかで聞いたような歌だけれど、あれはカラスの勝手だった。カラスがびわの実を食べ、はばけて〈喉に引っ掛けて咳き込んで〈秋田方言〉〉いる哀れ、残酷な姿なんかは、人情に事欠かない私にはとても言葉にさえもならない。高がびわ、されどびわ。我が家の庭の出来事でした。

カラスとけんか

せんさくカラスの言うことにゃ
お前のすることアホーかいな

それに答えて言うことにゃ
そういうお前は何してる？
緑の黒髪
きれいな礼服
いつも気取ってパーティ気分
裏を返せば何とおそまつ
人のおこぼれ漁(あさ)っては
毎日恐々と生き長らえて
奥さん泣くのが聞こえぬか？
お前はグータラ鳥だから
カカー　カカーと妻が泣く

2023.5.31

毛頭あるのか、ないのか？

髪の毛の薄い人は、人生経験豊かな人と私は思う。たくさん考えすぎて毛が抜けてしまったのか？　それとも日に照らされ過ぎて焼け落ちてしまったのか？　そんなことはどうでもいいことだが、私は尊敬する。

幼馴染（おさななじみ）の男女が年を経て再会した際、女性が男性の顔を見て、「あらご立派に、これから益々……」と言いかけている時に、男はムッとした。女性は「あら、どうかしたかしら。励（はげ）ましのつもりが……」。火に油を注いだから男は本気にムカついた。この場合、相手に気を遣うべきはどちらだったんでしょうかね？

毛の少ない男性は「ケ」という音に敏感だ。テレビを見ていると、時々女性がドライヤーの宣伝をしていて、長い髪に素敵なウェイヴをつけたりしている。毛のない者にとって、もしくは毛を増やしたいと日頃念じている者にとっては、そのようにしたくてもできない事情というものがある。ストレスが溜まっていることだろう。そういう私はどうなのかって？　いや、何だけどここで話題にできるほどの見映えはないが、冬に渡来する渡り鳥ではなくて、雑草駆除後の庭といったところか。ツルではなくて、まだらの生き残りといった様子である。こんな具合だが、特別に手をかけて、毛を生やそうなんて思ってもいない。そんな毛無げ（健気）な毎日を過ごしている。でもテレビに映る女性の艶やかな髪の手入れの宣伝画面は、他人事だけれど気が付けば見つめてる。髪は無いよりは有った方がいいのかも。それじゃお金と同じことだ。なるほど金髪に憧れる気持ちも分る気がする。

秘め事

花咲けば人は集まり
花散れば人は去り行く
この花は
忘却という化身を置いて
そこを立ち逝く
咲けぬ花
なじられ　いびられ　踏まれても
人はどこかで思い出す
その花の其（そ）にありしことを

2023.6.3

トラミ俗談

トラミは我が家のスター的存在で、時々話題に上がる。だが、世間的にいまいちスターになれないということは、どこかに欠陥があるに違いない。プロデューサーの私にも責任があるとは思う。他所で何度か紹介してきたが、宣伝不足でまだインターネットにさえも取り上げられていない。プロデューサーの不甲斐なさである。

トラミは後期高齢の婆様金魚である。もしかしたら爺様かも知れないが、何も言わないから分らない。私がそうと決めているだけである。昨年の寅年のある日に、急に思い立って付けた名前で、多少贔屓目に美顔と世辞って、トラミ（寅美）とした。親の心、子知らずで、時々背信行為を無下にひけらかす。

トラミのために布袋草を買ってきて、水槽に入れた。殺風景は乙女心とは言えないが、女心が荒むと思っての親心だ。根が長く、水面下に沈んでいるが、トラミは別の隅の方に頭を隠して動かない。見知らぬ侵入者に怯えているようだ。そんな女に育てたつもりはないが、何と気の弱いことだ。餌も食べない。仕方なく水草を取り出したら、すぐに水面に浮かんできて、パクリ、パクリ食べているんだよ、あいつ。私には時々、ふてぶてしい態度を取ってプイとするくせに、か弱そうな振りをして見せたのか。気まぐれな奴だ。

婆様の世話も思えば大変だ。風呂はいつでも水風呂だから心配しなくていい。ただ10日に一度水を換える。その間にも時々半分水を換える。衣食住のうち心配ないのは衣だけだ。赤いべべの一張羅だけれど文句は言わない。訥弁を自覚しているようで何も言わないけれど、もしかしたら不満で怒っているかも知れない。結局は老々介護だが、私がトラミに介護されているとしたら、長年の付き合いという惰性の癒しか？　ときどき虚しさもあるけれど。

トラミから見た私はどう思われているのか？　いい生き方をしているのか？　私から見たトラミは清潔好きで、食欲はあるし、ファッションにうるさいことを言わないし、理想的な生き方をしていると思う。生きるというのはすっきりしていて、単純なのがいい。

……ってみたい
すばらしい生き方をしている
ねって言われてみたい

その陰に黙り通した年月の
流れた跡を垣間みる
すばらしい生き方をしている
ねって言ってみたい
そういう人を探してる

2023.6.6

仲良し

私が子供の頃は、「男女七歳にして席を同じゅうせず」と習ってきた。何となく男と女の間には透明アクリル板みたいなものがあって、マスクはしなかったものの、向こう側とこちら側では、敢えて近づかないが惹(ひ)かれる世界を意識していた。わざわざ席を離すということは、大人の子供に対する虐待か、それとも子供が早熟で何をしでかすか分らない社会不安でもあったのか。いつのまにか時は過ぎ、今では高校生の男女が、顔を近づけて楽しそうに話をしている。それで手なんか繋いで歩いてる。悪いと言ってるんじゃないよ。

アクリル板なんかは当然ない。そもそも子供らしさが残っているから、じゃれつきパンダみたいで微笑ましい。恋人同士のような2人が手を繋いで歩いているとしたら羨ましい。若い男女で素敵な2人が手を繋いでいる。これは見ていてラヴストーリだ。こちらが胸熱くしている。爺様、婆様が手を繋いで歩いているのは、どちらかに不自由があるようで、これは話の種類が違う。雰囲気も違う。私は小学生の時に既に女子と席を同じにしないことを学んだがゆえに、それから淡白な人生を歩んだ。一度だけ女性と手を繋いだことがある。それも、ものの数メートルで離したら、それが原因かどうか分らぬがすべてを手放す結果となった。後悔しても始まらぬ。娘が小学生の頃までは、頻繁に手を繋いで歩いた。これは私の思い出の宝である。だが残念ながら娘はそれを憶えていない。私は小さい頃母親とよく手を繋いで歩いたことは憶えているのだが……手の形、温もり、ごわついた感触……そんなことを思っていると、今の若い男女は、きっとたくさんの思い出の宝を心に残すことになるのだろう。でもたくさん過ぎて、どれが誰の手であったのか憶えていられるのか？　余計なお世話だが、手の内を読んだり読まれたりした相手のことは憶えているに違いない。もうやめ手というくらいに明け透けの世の中だから、目にする方も目にされる方も、さりげ無い粋な計らいで登場してもらいたい。

女と男

女が男をくすぐり
男が女にくすぐられ
それが生きることの本性ならば
女と男どちらを選ぶ
男の甘言(かんげん)にほだされて
裸になる女の
悲しさよ　哀れさよ
女は何故怒らぬ!!!
男は姑息な生き物だから
すぐに次のことを考える
男は笑っていないか？
女は泣いていないか？
どちらも賢くならねばならぬ

2023.6.14

ぼやきの始まり

のっけから暗い話になりそうだ。人は生まれていつか死ぬまでのその間は、何かしらを作ったり考えたりする。言ってみれば労働の場で生きる。

子供の頃は大きな夢を持てとか言われて、その気になったけれど、そんなことを言われても世の中を知らない子供が夢なんか語れるわけがない。せいぜい身の回りに見えるもの。それは今でも変わらないだろう。今ならケーキ屋、パン屋、警察官、スポーツ選手……とてもよく分る。みんな粋な仕事だ。私の場合はどこかで書いているが、最初は内閣総理大臣、それからアナウンサー、銭湯の番台（今の人は知らぬだろう）、最初の夢が大きすぎた。だんだん萎(しぼ)んだが、成人して外交官あたりで落ち着いた。結論はどうだったのか？ 夢は現実を美化するだけで、実現とは程遠いということだ。経験がものを言うからこれは真実だ。現代っ子と比べれば、当時の内容はいかにも重かった。それがどういう経過をたどったのか、今はこうして取り留めのないことを恥じらいもなく書いている。紆余曲折は過ぎてみれば面白い。人にできても私にできないことはたくさんある。私にできても人にできないものも必ずある。それを見つけるために毎日努力を続ける。それが見つかるのは年を重ねて、仕事も一通り終えて、役所から通知が来る頃。嫌な響きだが、高齢者。もう少し年が過ぎれば、後期高齢者!! 何が後期だ。年経て前期も後期もないだろう。それではその次は何が来る? 前期お迎え待ち者、後期お迎え待ち者か。これは止(とど)めの一発だ。この年頃になれば既に私を迎えてくれる人は多数居る。今更急いでも始まらない。

ところで現状に気付いて改めて考えるが、馬鹿なんか言っている場合ではない。それで私は何が言いたいのか。

私は寒さに非常に弱い。では暑さはどうか。やはり弱い。人は大体において、どちらかに弱ければ、他方には強いのが世間の常識。でも私のような人間が居てもいい。春はボーッとしているし、秋は人並みに侘(わび)しさも感じるが、私には風が吹いて落ち葉がどうのというのではなく、この涼しさが去ればまた寒さが訪れるという嫌気である。最近は楽しむ秋が短くなっているのを感じる。私は気候の変化に弱い。一体何に強いのか? 世俗にも弱いし、金稼ぎの才も無い。人に旨い話を持ち掛けることもできないし、女性に打ち明けようとすれば、どこかでブレーキがかかる。そんな時のブレーキはまあなんとよく効く。仇(あだ)ブレーキとなる。自転車のブレーキは甘いのに心のブレーキはよくかかる。ああ不甲斐ない。だがものは考えようだ。これも一つの人生だと思えば悔いはない。何もないような日常に何かしらを見つけて旅をする。これが私には合っているようだ。人はそれなりに、最善の道を自分で見つけて、黙って歩いて行けばいい。器の大きさを自覚する。他人の器が大きく見えるところから、ぼやきは始まる。本当は誰もが小さい器を、空回りさせているのが普通だ。何と人生相談しているみたいで恥ずかしい。そんな気持ちはないんだよ。私は小さい時には大きな夢を持っていたが、器の大きさは若い頃に既に自覚したので、気楽に過ごして、こんなことを書きながら偉そうなことを言っている。それも人生だ!! これはぼやきか、諦めか? それとも達観か? 私は金はたくさんは要らぬ、食料もままあればよい。私にもう少し文才があればそれでいい!!

毎日　毎日を

人生は
頭がよくてもはじまらぬ
頭が悪けりゃ
なおはじまらぬ
一体何をなすべきぞ
仕事ばかりもつまらない

遊んでばかりも不安がつのる
さりとて頭はよくないようだし
喜びの欲求は人より強し
それじゃあまりに
勝手すぎる
努力
ハイ
努力

2023.6.21

怪しい電話

人は金儲けすること以外にすることはないのか。世の中が世知辛いがゆえに騙し騙され、互いに駆け引きの合間で生きている。いつの時代でも同じなのだろうけれど、対面ではない電話の場合、相手の表情が見えないから、つい引っかかる人が出てくる。仕方ないのかも知れないが、犯罪だからそうは言っていられない。当事者はその時相手のペースに巻き込まれるのだが、第三者の目で見れば明らかにおかしいと察知できる。私にもいつそんなことが降りかかるか分らない。

ところでこれは私のところにかかってきた電話だ。受話器を取った時はプラス思考になっているから、それをうまく利用されると相手の思う壺（つぼ）にはまってしまう。この会話を読者の方々はどう捉えるだろうか。高みの見物ならば、よく見えることがあるだろう。

2022年9月21日、12時頃で「つぼき」と名乗る男だった。

男――海外で卵を生産し販売している会社で、名前を知って欲しい。毎日新聞に掲載している

私――名前を知ってどうする？

男――今のところは名前だけ知ってもらいたい

私――どこにある会社？

男――浜松町

私――どこで私の電話番号を知った？

男――古い電話帳

私――　お宅の目的は何？

男――　今は会社の名前を知ってもらうだけ……それでは案内書を送らなくていいですか？

私――　必要ありません

男――　失礼しました

卵の世界は私には分らないが、日本にだって鶏はたくさん居るのに、何故わざわざ外国で卵を生産するのか。日本の鶏は雄鶏(おんどり)ばかりで生産性が低いのか。いやそんなことはないだろう。同数の雌鶏(めんどり)が居るはずだ。日本の国力を馬鹿にしてはいけない。

2023年6月？日。今は中旬だが、月初めの頃だった。聞き慣れない男の声でかかって来た。のっけからいきなり……。

男――　今日空いてる？

私――　（友達にかけたつもりが間違ったのかと思って）どちら様？

男――　ひろだけれど、空いてない？

私――　ひろ？　ひろ君ってどこの？

男――　空いてないの？
私――　どのひろ君ですか？
男――　ひろゆきだよ
私――　ああ……先生の息子さん？
男――　（黙って電話を切った）

彼女にかけたつもりだったのか。私の声がぶっきら棒だったので、相手も戸惑ったのかも知れない。それはそれでよかった。女性を狙ったのだろうが、どっこいそうは問屋が卸さない。それにしても私にとっては聞いたことのない声だったので、怪しいと初めから気が付いた。相手も間違えたのならすぐに失礼といって切るはずだが、執拗に食い下がってくる。こういう電話を平気でできる人間が居るというのは日本人の意識構造がおかしくなってきていると思う。爺さん、婆さんがそんなことするはずがないし、その人達が若かったころにこんなことをしたかといえば、聞いたことがない。今は何たる時代になったのか。原因のひとつには、通信機器の便利さが考えられる。今の機器は騙しのテクニックを暗示しているし、若者が飛びつく裏には犯罪が潜む。これからますます危ない世の中になるだろう。

この2件を読まれた方は、怪しいとすぐに気付きますか？　それとももう少し深入りして、聞きたいと思いますか？　私は途中で相手を黙らせる手段を考えて、少し喋ったものの、後味の悪いこと。両方とも若い男の声で、しかも喋り方ですぐ気が付いたが、これが訓練された中年の言葉づかいで攻められたら危なかった。すぐに引っかかったかも知れない。相手は私が何者か分らないから、話が食い違って見抜かれる。もし私のことを調べ上げてやられたら、信用してしまうかも知れない。怖いのは今のネット社会だが、個人情報がどこで誰に漏れているのか恐ろしい。現実に情報漏れで多くの被害が出ているのは日常的だ。ますます人間不信が募る時代になった。人を騙す迷惑人間を懲らしめる方法はないものか。生きる手段よどこに向かう？

隙間(すきま)犯罪

「間違っているよ」という裏には
正しいという確信があるはず
しかし間違いという

理由がわからないから
好き放題の勝手きまま
やはりどこか間違っている
わいせつの誇示
興味本位の報道
それに集まる群衆
心がどこかへ行ってしまって
金に目のくらんだ社会
この異常さに気が付かず
流されている人々
堕落した大人たち
腐敗した教育
公共の分らぬ若者たち
人はどこへ行く
どこか間違っている

2023.6.24

トラミ君　その後

時々登場するトラミの本名は「寅美」である。命名の経緯は前書『刺さり種・語り種』の中の「トラミ（寅美）君」で報告した。もうトラ婆さんだが、もしかしてトラ爺さんかも知れない。私の勝手な判断で女性にしている。女気のない我が家では大事な存在だから婆であっても姫なのだ。姫婆か、婆姫か？　こうした事情があって、いずれにしてもトラミが女性であるというふうに信じて共生している。

私が1匹の金魚を相手にして何やかやと言って暇つぶしをしている姿は哀れの一言に尽きる。では他に何かできることはと考えるが、何もない。私もつくづく思うが、何かに引っかかってちょっとした傷でも負うくらいの日常があればと思うが、バナナの皮のようにつるんとした日々を送っている。相手にされたトラミ婆さんは迷惑だろうが、一方的に私の方から思いを寄せさせてもらっている。でもこうした感情はチャットGPTにさえ答えの出ない、この自然を敬愛する気持ちとして、誰もが心のどこかに持っていてある瞬間に感じひらめく何かだろう。そんな時を与えてくれるトラミ婆さんには感謝している。10年も付き合うと穏やかな時間が過ぎて毎日が平穏である。トラミ婆さんが何を考えているのか分らないけれど……周りを見れば、至る所に色とりどりの衣服を着た若い金魚がたくさん歩いている。彼女らは野放し状態だから、満たされているようでもどこかに一抹の不安さえ残している。その点、我がトラさんは、悠々と、堂々と、表情も変えず穏やかな囲いの中でのんびり過ごしている。

金魚鉢

——群衆——

金魚の顔した
かわいい人魚
赤いべべ着て
短いべべ着て
高靴はいて
何所へ行く
群れて離れて
人の波をすり抜ける

2023.6.28

時代遅れで……結構です

世の中が複雑になってきて、新しいことが次々と起こる。楽しいことかも知れないが、それについて行くのが大変である。私が何のことを指しているのかを言わなくても、「あれ」のことだなと誰もがすぐに察知するだろう。そう、「それ」のことである。見ることは大事だが、見えるものの中に更に大事なことがあるのをお忘れか？　見えるものが選択されて、殆どが無視され忘れ去られる。我々に見えるものは無数にあるけれど、その中で見るものはほんの僅かである。ぐるっと一回りすれば周囲がすべて見えているはず。しかしそれは見えるだけ。これを見るようにすれば自ずからどうにかしようという気持ちになる。見ることは気持ちが向くことだから気を遣う。先述の「それ」についても今や誰もが手放すことなく見入っている。心が前向きなのはいいが、皆が同じ方向を向いていることが心配だ。私は何が言いたいのか？　答えは言わないよ‼　それは人それぞれが出すことだから。自然の中に見るべきものがたくさんあることを知って欲しい。道端に咲く一輪の花にさえ物語があるということを。些細なことかも知れないけれど、見逃してはいないか？私にも見ているようで見ていないものがたくさんある……。１か月前のカレンダー。慌てて切り離したら翌月になった。時計が止まっている。別の時計で済ましてる。目が2つもありながら見ていない。見ようとすることは大事だと思っている。例の「それ」についてはほどほどに見るのが良いだろう。とにかく今は世間の様変わりが早すぎる。そんなに急いでどこへ行く？　そんなに賢くなくていい。そんなに金なんてなくていい。もっとゆったり、のんびりして、笑って、仲良く生きるがいい。時代遅れと言われるだろう。でも私は生きる本質がそこにはあると信じてる。

悲しみの説法

幸と不幸を秤にかける
どちらが重い
おのずと知れたこと
そうは見せまいと一生懸命
顔に品作ろうとしている
そんな人を私は愛する

それが人の世の中だから
ためらいや後ずさり
そのたびに深まる思考の海の底
深いところには見えぬことば
浅い所には血生臭い駆け引きと争い
何故ことばを信ぜぬ？
嘘が多すぎるって？
物が多すぎるから
真実だから疑い　そして遠ざかる
それはおかしい
疑いの無いことは真実
そこには時間や空間を越えた　人が居る

2023.7.7

ある日の風景

食堂に入る。若い夫婦が女児を連れている。まだ2才くらいだろうか。スプーンを使って上手に食べ物を口に運んでいる。急に思い出すある日の日常の風景だった。心のどこかが熱くなる。

私の娘は40才を過ぎた。今は主婦となり私から離れて行った。殆ど便りがない。この子も今から10年、20年、どういう娘になるのだろう。胸が詰まる。たくさん苦労が待っていて、そしてまた楽しく、いいことも待っていて、親はこの子にどう寄り添うのだろう。時の経つのは本当に早い。帰り際にちょっと目が合った。あどけない、いい顔をした女児だった。「親孝行するんだよ」と声なき声で語りかけた。立ち去る時に意表を突いて出たあの言葉は、私への何やら貴重な伝言でもあった。

娘への贈り物

父さんの本が
埃(ほこり)かぶって開かずとも
ふとした折に目がとまり
どこかが揺する時が来る
信じているよ　その時を
待っているよ　その時を
その時は
いっぱい涙を流しておくれ

2023.7.25

病気になって分ったこと

夏風邪をひいて1か月苦しい思いをした。病院に行った。待合室で3才くらいの女児が母親に話しかけている。母親は辛そうな様子だが、子供に笑顔を絶やさない。子供の質問に答えている。「ねえ、ママ、どうして……?」。聞いて納得してからまた矢継ぎ早に聞き返す。母親は優しい。私は今は独り身だが、もし子供が居て自分が苦しい時に子供の話に耳を傾けられるか? これは辛いことだろう。果たして笑顔は保てるだろうか? 私はその母親の顔を見た。ごく普通の優しそうな母親だった。私は母親の素晴らしさを目の当たりにして自分の弱さを実感した。母は強い。日常のありふれた風景かも知れないが、何かが良く見えた瞬間だった。よく分らぬが有難うって言っていた。

優しさに打たれて

「坊や、手を握って欲しいんでしょ?」
手を差し伸べて

不自由児の手を温める
若き女性の心の気高さ
勇気ある心の発露
母親がすまなげに頭を垂れて
「ごめんなさい」
言葉の不自由な幼稚園児か？
まん中にはさまれて
動いていた手が止まって
母親が安堵する電車内

2023.7.29

夏風邪？

この夏の暑さは異常である。6月の末に既に真夏日から猛暑日になった。外出の用事があって、帽子は被って出ていたが、7月の初めに咳が出始め、薬を飲んだが胸のモヤモヤは治らず1週間ほどしてから医者に診てもらった。熱は36度もないのでコロナの対象にはしてもらえず、血液検査をして点滴をすることになった。針を刺す時に、看護師さんが「アルコールは……大丈夫ですか？」。突然言われても殆ど医者にかかったことのない私は「はっ？　嫌いじゃないです」と言いそうになった。だが看護師さんの「……大丈夫ですか」という言葉に引っ掛かって躊躇した。「大丈夫」って何だ？　これもしかしてアレルギーのことだとしたら赤恥だと気が付いた。瞬間に「大丈夫です」と返答していた。不意を突かれると人は正気を失う。もし「アルコールは……」で止められたら、ためらわずに「嫌いじゃないです。ビールが好きですが……」と答えていたに違いない。私は時に冗談を放つが、その時は真面目に酒のことかと思った。時には変な人と思われるかも知れないが、よく考えれば、人はどこかが悪いから医者に行くのであって、まともな時は病院へは行かない。あの時の私の状態はやはり病院へ行くだけの理由があったのだろう。頭が朦朧としていただけに、私は場所も考えずに、アルコールと言われれば酒のこととしか思いつかなかった。もし「ビールが……」なんて発していれば変人だと思われていただろう。あの時は冗談ではなく、言葉の理解度を欠いていただけだ。やはり医師に診てもらう価値はあったと思う。あれから約1か月、まだ猛暑日続きで、こんな夏は初めてである。お陰様で誰に聞かれることもなくアルコールを味わっている毎日である。ところであの病は何だったのか。医師も言ってくれなかったし、私も聞き忘れて、結局大事無く時は過ぎた。

笑いながら

本物を見つける私に
本物の私が見つからぬ
冗談言って笑ってる
真面目に人のことを考えてる
どちらが私？
どちらが偽物？
いや　どちらも私
人が本物顔して歩いてる
けれど……

2023.8.3

夜中のルーチン（ルーティン）

夜中にトイレに起き、明かりを消し忘れ床に戻ったことはある。しかし明かりをつけ忘れて用を済ませたことはない。済ませそうになったことはある。便器の前に立ったが目の前が真っ暗。いつもの足取りで進むから基本的にはルーチンに従っている。本番で手探り状態に気が付いて我に返る。そこで慌てる。ルーチンもいいが、ものが物だけにメインルーチンからサブルーチンにまで至らない。その時やっと明かりのスイッチを入れてルーチンの回復を図る。他人からすればよく分らない夜中の行動である。だが心当たりのある御方も居るはずだ。

人の行動はルーチンに縛られていないか。習慣づけになった振る舞いは、気付かずにとことんまで尾を引くと思えばいいのかも知れない。

ふりまわされて

植物を愛する心は美しい
素直に人を寄せつける植物の
心もまた美しい
軒先に枝もたわわになる葡萄を
秋の成熟を期して見ている私の
横に来て父の話すには
「今年は随分なったね　これグミだろ?」
「……!　葡萄だよ」
「ああそうか　葡萄か」
葡萄でも　グミでも
何でも構わぬ人がいる
時が経てば人の心も変わるもの
家族で食事　私が

葡萄をグミと思い込んでた父に向って
「今年はグミが随分なったね」
母がウフフと笑ってる
平気の父がにっこり笑って
「オレ　葡萄かと思ってたよ」
（母と顔を見合わせて）
アレレ……？
それならいいんだ
グミのつもりじゃなかったか？
人の心は変わるもの
「結局　何と思ってたの？」
「オレ　グミだと思ってた」
もとのもくあみ!!
部屋は割れんばかりの大笑い
殿様は平然と落ち着き払い
一瞬　沈黙

私は逃げ去る
人の心は変わらない！

2023.8.19

誰に向かって叫べばいいのか？

今、見直さなければいけない問題がある。早急にである。人が機器に頼り過ぎて21世紀に混乱を招くことは必至だという心配である。私は全くの素人であるから見当違いのことを考えているかも知れないが、逆に素人だから冷静にして何かが見えているかも知れない。

かつてパソコンのキーを叩いているうちは便利であると重宝したものであるが、それがスマホという有能な機器が出てきた途端に、情報が飛び交い、誹謗、中傷、嘘など社会混乱を巻き起こし、人間不信が加速するようになった。犯罪も多様化し、例えば闇バイトとかいって、外国からの指示だけで見知らぬ者同士が集まり詐欺を働く。ＡＩが悪用される。例えばドローンは使い方によっては人間の能力を超えた緻密な仕事をする。奥地に物資を運んだり、未知の世界を探検したり……。しかしそれが爆弾を運んで人を殺す兵器になれば、そんなものは不要である。核にしても一度存在が確認されればもう永久に無くなることはない。いくら廃絶宣言が採択されてもどこかで必ず誰かが隠れて作り続ける。何かを見つけ出した人間は、もうそれを消し去ることはできない。それが怖い。頭がいいということは、同程度に愚かであるということである。一度贅沢を覚えるとそこから引き下がれないのが人間。人は覚えることに喜びを持つ生き物だけれど、その結果は消化不良で苦しむ生き物でもある。

今、日本人として痛感するのは、日本語に理解しづらい言葉が多すぎることである。それだけ外国との交流が深まったことでもあり、これはとても素晴らしく、嬉しいことである。外国の文化に触れた時に、それを模倣して取り込もうとするのか。或いは競って自国の文化を高めようとするべきなのか。

実際に言葉の変換にしても、それはわざわざカタカナで書いて示すだけの価値あることなのか。日本語で通し続けていい価値ある言葉がたくさんある。業界では日常的であってもそれは俚言（りげん）というもの。例えばコンプライアンスはよく聞くが、日本語には「遵守」という視覚を含めて解りやすい言葉がある。言葉が与える「力」というのは測り知れない。きちんとした言葉を使いたいものである。

テレビを見ても時代は変わった。日本らしさの番組は非常に少なくなって外国の物まねばかりが目に付く。特に歌って、踊って、飛び跳ねて……。これが現代だといえば世界がそんな風潮だから仕方ないとしか言えないが、何かこの軽はずみな世界をもっと落ち着いて観ることはできないものか。スポーツで世界が沸いている一方で、戦争をして罪のない人が殺される。明らかに間違っている。完全に不均衡である。

核家族が普通となった。当たり前と思っているところに落とし穴はある。個人主義は日本人に定着しているか？　聞こえは粋な先端文化のようで、響きも良い。ただ現実の生活の中で、頼れる人間関係の欠損で淋しく、不安の日々を送っている人が多いのではないか。日本人は全方位的に他人を思いやる性格を持ち合わせているのだから、人間関係のより希薄な核家族の中で育つことは、得る情報量の点からしても人を十分に成長させることができない。人が個人の枠がりで生きるのは美しいようだけれど、しかも差し当たって何の問題も無く生きている時はいいけれど、誰だって苦労の無い人は居ないことを思い改めてみたい。最後に頼れるのは誰かといえば周囲の知人だ。今は親戚関係までも繋がりが希薄になっている気がする。ヨーロッパ人はその点で日本人とは違うようだ。私の少ない経験ではあるが、子供の頃から親子は対立関係にあるようで、子供も早くから独立意識が強いように思う。親は子供が早く大きくなって家から出てゆくことを望んでいる。親には親の生活があるからだというが、このへんは日本人と違うようだ。日本人は親が子供に親の脛(すね)をいつまでもかじり続けさせる。これの良し悪しは別として、核家族の場合、人の繋がりが狭い状況にあると、問題の際に解決の糸口が見つからない。だれもが同様のことを考えているだろうけれど、結局は時の流れに棹さしてゆくしかないのか？　実際に日本人も最近は民族性が変化してきて、特に姑と暮らすのは絶対にいやだという女性が多くなっているという様子が周囲の状況から想像できる。そんな時はもう日本人的ではなくなっているのだから、大家族のことを言っても伝わらないだろう。大家族といっても蜂巣のような雑居状態のことではない。はちす（蓮）の実の穴くらいの穏やかな空間を思えばいい。伴侶を見つけることはそう容易いことではないけれど、外国なら成人すれば親元を追い出されるのに対し、日本人は優しいから親が子供に出て行けとは言えず、子供は居心地がいいから居続ける。中途半端な個人主義でまだ消化不良である。一体大家族、核家族、どちらがいいものなのか。

差し当たって一番深刻なのは、やはりＡＩの先行きがどうなるかということだ。人間が物を考えなくなって、考え方が機械的人間になって、挨拶もろくにしなくなって、常にスマホばかり見ていて、笑顔が消えて、情報に翻弄されて、疑心暗鬼がまかり通るようになったら、人はその時に作り上げてきたものをすべて断ち切る勇気、破壊する勇気を持つことができるか？

コンピュータ

――浮き浮き社会――

情報と伝達のお化け
この化け物が便利という虚構で
人社会を席捲（せっけん）し
これに喜び飛びつく人間たち
都会にはただ情報屋ばかりで
思いやる人が居なくなる
真実はどこへ行った
見えない相手に
言葉を見つける努力も苦労もしていない
文字を書き心を伝える努力もしていない

ありきたりの言葉で済ましてる
ある時言葉が思い出せなくて
そんな自分に苛立(いらだ)ちつのらせ
それで　もうほどほどなのさ
新世紀は
仮想と虚構に生きる人間と
映像に喜怒哀楽を感じる人間が
双手に分かれてせめぎあう
人はどこへ行く
物知りが偉いというような
錯覚を背負ってどこへ行く
すたれゆく都会
早く気がつけ賢き人々

2023.8.27

暑い最中に思ったこと

天にましします我らの神よ、とか言うのを聞くが、父でも神でも誰でもいいが、今夏の暑さは何なのだ。これは太陽神の怒りか情熱か？　何故こんなに暑く地を照らす？　おまけに雷なんか呼び込んで、慈雨どころか大雨を降らせ、かと思えば全く雨一滴も与えない所もある。それをただ見ているだけのようだ。私は怒っている。これは人間に対するいじめとしか思えない。それとも狂った太陽神に愛想を尽かした諸天の神々が、今夏は天から他所へと静養しに行って天には不在ということか。天は雷族が奔放に闊歩していて、太陽神も気が気ではあるまい。天の神々はその原因が人間の闘争、贅沢、傲慢にあると知っていて、それらが消えない限り怒りは静まらぬと半分諦めているとも勘ぐれる。空の雷族を鎮めるには、人間が「神成り」になることを自覚することだろう。大体神というのはどこに居るのかといえば、人間一人ひとりの心の中に存在するのではないか。人は天と地獄を往来して、神になったり、鬼になったり、そんな中でその付けがこの夏の暑さに示されたように思う。この炎熱地獄の中で物が良く見えている人が至る所に居ると信じれば、今夏の猛暑は今後の気付剤として良い刺激になったのかも知れない。

暑い夏の一日

何も言わずに刺してゆく
狂った蜂の
襲撃のような暑さの中で
できるものなら吸い取って……

ただ雲だけが太ってる
この砂漠のただ中で
時に激しく
時にじわじわと
大地を打つ
これは演技か　本心か
やがて秋の扇と散ってゆく
おお夏の雨

2023.8.28

ツクツクボウシに願いを込めて!!

退職して暇だらけになると、考える世界が日本昔話だ。この夏の猛暑の中で思うことは、ツクツクボウシの鳴くことばかり。自分を冷静に見つめれば、他に考えることもありそうだが、この夏の暑さにかまけて惰性に流されている自分を容認している。それにしてもスポンジを噛(か)んでいるようなスカスカの毎日を過ごす。蝉の声を待つ日々。今の時代には滑稽としか映らないが、現実はある。

私が子供の頃、祖母が翌日の天気のことを空を見ながら言っていた。それが当たっていたかどうかは憶えていないが、子供心に夕焼けは晴れ、朝焼けは雨と思っていた。科学の進んだ今の視点から言うと、空の色に関係しているようで、まんざら外れてはいないようだ。レーダーのような機器がない時代は、人間が鋭い感覚を持っていたようで、私はそんな感覚は持ち合わせてはいないけれど、何となく蝉の声で秋の来るのを感じるいわば古代人のような生き方の断片が生活の中にある。そういえばいつか縄文人の美顔というのを何かの本で見たことがあるが、親近感はあった。古代人といってもそれほど古くはなくて、せいぜい平安時代の公家の日常を思い出すとしっくりする。その頃ツクツクボウシが居たかどうかは分らないが、あの小さな体の虫が、なんであんなに張り叫ぶのかも不思議だ。

ところでレーダーで天気を予報するのは正確でいいのだが、今夏のように暑すぎる時には、晴れ続きと言っても仕方ないけれど、微妙に明日は涼しい風が吹くかもとか、多少雨が期待できるだろうとか、心苦しいかも知れないが口を滑らしたつもりで、わざと言ってもらえませんかね〜。あるアナウンサーが話した、最近は夕方になると秋の虫の声が聞かれるようになりましたの一言が、心に涼しさを呼び込んで元気をもらった。予報を誤ると文句を言う人が居るらしいが、都合上その気持ちも分る。だが少しくらいは許そうよ。レーダーに恨み辛みはないけれど、辛い時には、人はとんでもないことを考える。

そんな妄想をしていたら、ずっと向こうの林の方でツクツクボウシが鳴いた。8月14日だ。それから2日続けて鳴いた。1週間後に秋風が吹くと思ったら急に元気が出た。それから全然鳴かずに24日を過ぎても猛暑続き。あの蟬は何だった？　暑さに狂って出間違えたのか？　ところがその日の夕方に近所で「ホーシンツクツク」と鳴き始めた。天気予報は今月いっぱいまだ真夏日だという。どういうことか。28日夕方に家の周りで鳴いた。耳を澄まして聞いた。ワンクール12回の粗末な鳴き方だったが、この日が秋を告げる本番と考えよう。これから1週間、つまり9月4日あたりから涼しくなると私は自分に予報を出す。今夏の暑さで蟬も常軌を逸した感がある。だから私のこの予報も自信はない。レーダー予報はまだ暑さが続くと言っているが……蝉の声も疲弊しきっている。あれは歌声なのか、うめき声なのか？　あの声を聞いている限り、重責を負っている声とは思えないし、今年は秋の到来をそこそこにツクツクボウシに託すしかないと思っている。

うんざり夏の日

連日のうだる暑さは
身の動き場所を与えず
やっと日が暮れて外出すれば
昨日まで聞かれなかった虫の声
今宵はあちこちで
早すぎて申し訳なさそうに
途切れながら震えてる
秋が来るっ!!!
もっと鳴け　秋の虫

1週間過ぎた。話は終わらない。それで……。

あの蝉の本番の声を聞いて、9月4日頃に秋が来ると先日私は自分に予報を出した。3日まで真夏日、猛暑日が続いていたのに、4日になって急変した。来たーっ!! 雨だ!! 台風12号が来るということで、以後連日の雨予報となった。蝉は私の気象レーダーだ。かつて蟹と戯れて「東海の　小島の磯の　白砂に　われ泣きぬれて　蟹とたわむる」と歌ったかの有名詩人が居たが、私は蝉と戯れているわけではない。私の場合「東京の　はずれの小島の　陋屋(ろうおく)に　われ汗ぬぐい　蝉とたわむる」。便乗の気はあるが、フェイクではない。人の世界と同じように、早とちりの蝉も居るが、本番の蝉はAIなんかは持ち合わせていないけれど、何かを知っているようだ。

2023.9.9

しっぺ返し

白い葵の花を見つけて友に言う。「きれいな花だ。何という?」―「あおい」―「白いじゃん」―「たしかに」。真面目な顔して返答している。だがここで納得してもらっては、駄洒落が面白いと言って笑って済むことが済まなくなる。出端を挫かれて何かモヤモヤしていて、話を振った私の方が尻すぼみになっている。仕方なく「赤いのは、あかい。青いのは、あおいって言うんだ」―「そうなんだ」。そこでまた更に尻がすぼんで話の通り道が塞がれる。話詰まりになって落ち着かない。相手は本当に知らないのか? 知っていて私の裏をかく算段なのか? 今度は相手が聞いてきた。「それじゃ、紫や緑の花は何というの?」―「ん? ……参った!!」。これで双方が落ち着いた。何かが通じ合った。人のひらめきは光よりも早く飛び交う。思い出すのには時間がかかるのだが……。

顔

子供って笑っていながら
近くを見てる
大人って笑っていながら
遠くを見てる
だから子供の笑いには
隠しごとがまるでない
あたりを見れば
笑いのわけがすぐわかる
大人ってむずかしい
どこかで涙流しながら
それでいて顔はさらりと
笑ってる
見えない底で野望を抱きながら
それでいて顔は優しく

笑ってる
赤い花の根元から
赤い花の生まれるように
白い花の根元から
純白の花が生まれるように
大人の心に花の種蒔く
いつの日か顔に花咲く
子供の無邪気が
取り繕いがないままなのに
大人は学んで
色々とまぜこぜしてる
もともと顔は美しいのに
歩みの中で色を失してる

2023.9.11

言葉の力

日本人として日本語を使っている時に、聞き慣れた言葉ならすぐに情景が浮かぶ。誰もが知っている言葉の羅列だけれど、ちょっと捻(ひね)れば心を刺す。例えば「生きるということは……」という表現が日常の会話の中にしばしば聞かれる。その時はおおかた大変だという含みをもって発せられる。私の頭の中には「生きるには川の水の流れるがごとくに生きればいい」という映像があって、それは子供のころから釣りをしながら得た私なりの思いである。釣りの最中にそんなことを考えながら糸を垂れていた自分が見える。浮きが引いて当たりが来る。そんな時は生きることがどうのということなんかは無関係だが、全く当たりの無い時には、見えるものは水の流れだけ。俗なことは一切忘れて、哀れとも高尚とも分らない自分を見つめてる。目の前の小宇宙が今の私だと映る瞬間にブルっと来る。生き方について聞かれることが時々ある。「川の水の流れるがごとくに生きればいい」と言うと、目を輝かす人と、多少うなずき笑って聞いている人に分れる。そこを出発点として人はまたそれぞれの道を流れてゆく。幸せというのは何かのきっかけで掴むものだろう。どう感じてもいいことだが、ただ何も感じないのはちょっと困る。言葉は軽はずみに語れば、多くの人が軌道を外れる。心ある言葉を伝え、そして幸せの原点はそうした言葉をよく聞くことから始まる。言葉を読む人と読まない人、そして読めない人が居ることを、やっと判ってきたような気がする。年経たとは言いたくないが、見えないものの中に不思議な伝導物体のようなものを掴もうとする気が湧いてきて日々が楽しい。

2013年に発表した詩集『船長日記』の「はじめに」の最後にこんなことを書いた。

私が詩人というのであれば、人はみな詩人である。言葉は大事である。人が揺れるのは、言葉をもって以外に何があろうか。感動とは言葉に裏打ちされた行動が作り出すものであろう。私は感動を求めてやまない。人の心は言葉によって動き、たとえ言語は違っても、その言葉社会での本質に変わりは無い。

私の思ったことが、誰かの心にそっと触れれば、それで私は嬉しい。変化する言葉と同時に、言葉を大事に見つめる人が増えてくだされば更に嬉しい。こんな気持ちで纏めてみた。これからまたどんな言葉が出てくるか、私も思索の道を続けたい。

言葉の真珠

人がみな
光る言葉の持ち主ならば
映る顔さえ輝かしい

自然のひだに
景色は正直
偽りなき語り

うわつらの髄(ずい)なき言葉
ああ　顔色なき人々

自然の中の人
真昼に光を追って
人と向かい合う

真夜中の風景
点在する光
そこにも言葉あり

光の源は真実

言葉

混沌の中に
真実を求めん
焦燥あり
深奥の精神の
未だ発せられず
人に伝えんがため

暗い徘徊（はいかい）が続く
ここに言葉あり
しかし
言葉という偽りの手段は
いつも心の拡がりを
限りある器の中に閉じ込め
私を悩ませる
言葉が伝達の手段ならば
何故
私は物が言えぬ？

2023.9.20

ねまる　ながまる

記憶というのは、憶えようと努力してもすぐに忘れる。憶えていてもいつ、どのように記憶したのか思い出せない。変なもので、ある時突然70年以上も前のことが蘇る。こういうのが本当の記憶の財宝なのだろう。他人には絶対知られないし、盗まれもしないから、自分から吹聴(ふいちょう)でもしないと永遠に日の目を見ない。人は皆、すごい財宝の持ち主だ。

私がまだ小学校に上がる前、疎開のためだったか母の実家のある秋田県男鹿半島の先端近く、脇本というところにしばらく居たことがある。今、ふと思い出すのだが、あの日は囲炉裏に家族が集まって暖を取っていた。私は障子の開いた隣の間で何かをして遊んでいた。伯父が私に言った。「ここさ来て、ねまれ」。囲炉裏の周りには3～4人が集まって談笑していたように記憶する。私は母の隣に走り寄って、ごろりと寝た。皆が笑った。「寝まれ」と思った私の行動は、「長まれ」と言うのだそうだ。その時に教わったのだが、今でもこの言葉は使われているのだろうか。若い人はどうか。知らない人や、知っていても使わない人が多いだろう。叔母は健在で100才近くになるけれど、言葉の財宝は測り知れないほど持っている。私にとって叔母は言葉長者である。私はてっきりこれらの言葉が方言で、狭い地域の里ことばだと思って、誰にも言ったことはなかったが、最近たまたま辞書を見たら載っていた。浅知恵で恥ずかしい気持ちだが、同時にこの言葉に質感を得た。どちらも古い言葉のようだ。「ねまる」は『史記抄』(室町中期 1477)や江戸時代の浄瑠璃や歌謡集にも出ているようで「とじこもる」、「寝る」の意味でも『東海道中膝栗毛』(19世紀)に出ているそうだ。「寝る」ならば私の行動は正しかったが、伯父が言った「座る」の意味としてはもっと古いのか?「ながまる」は体を長く伸ばして横になるという意味で1937年刊行の『生活の探求』(島木健作)に出ているそうだ。いずれにしても都会から離れると古い言葉が今なお使われていることがあって、発音を含めて調べると無形財産が至る所にある。例えば「先生」を「シェンシェイ」と発音する地方がある。ところが男鹿の先端の辺りでは「ヒェンヒェイ」と言う。共通語では「センセイ」だけれど、これには歴史的に何やら共通する変遷があるのだろう。「ヒェ」―「シェ」―「セ」という音の変遷が頭をよぎる。音を作る場所を調音域というが、順に発音してみると舌が順に前に動く。「せんぶり」という草があって、漢方薬で胃薬として使われるが、男鹿のここでは「ヒェンフリ」と言う。かなり古そうな発音である。「ヒェンフリ」だってどこかに「シェンブリ」と言う地方があるはずだ。とすれば「ヒェンフリ」―「シェンブリ」―「センブリ」の変遷と同時にそれらの音声分布が見られるだろう。素人の思い付きである。

とにかく日常において、都会で忘れられた言葉が地方には宝として、歴史の生き証人として現存している。その宝も今や加速して消え去りつつある。外国語が未消化のまま日本語に取り入れられて、日本人はそれを何とも思わずに受け入れて、物を考えるための財産をごちゃまぜにしていないか。考える日本人でありたい。時々、無性に自然に帰りたい時がある。

日本人の忘れ物

物障害から心身障害に移り変わって
日本人が苦労している
日本人の心に詩が消える日は
はじらいがもうなくなって
人はひとつ方向しか見ていない
野心とエロスの渦は気付かぬ無防備の中で
腐敗の闘争を駆り立てる

愚かな人間が人を騙し
愚かな人間が騙されて
不信を募らせる
詩はどこへ行った？
自然の中と一握の人々の
心の中に逃げて行った
豊饒の心身に詩が宿り
豊饒の物世界に詩は砕け散る
詩は心だよと言った賢人
今　光を放って蘇る

2023.9.23

言葉は揺する

私は音楽が好きだ。聴くのもよい。歌うのもよい。テレビでは時々コンサートの模様が放送されていて、ピアノ、ヴァイオリン……など様々な楽器が演奏されている。だが聴くたびに感心はするけれど、感動しない。でも、今朝テレビで『題名のない音楽会』という番組を見た時に、これまでとは違う感情に気が付いた。アマチュアの発表会であったが、楽器を上手に演奏する人たちの中にひとり、歌を歌った女性が居た。私は何かがこみ上げてきて、目の奥が熱くなって涙が出てきた。カメラが聴衆に切り替わった。カメラマンも何かを察したのだろう。多くの人が目頭を押さえている。ハンカチで拭いている人も居る。これは何だ。感動以外の何物でもない。人はどうか分らないが、私はオーケストラのコンサートにしても、ソリストの演奏にしても涙を流すことはまずない。コンサート会場で演奏が終わってスタンディングオヴェイションがあっても、泣いている人は見当たらない。聴衆は何に拍手を送っているのだろうか。私は演奏の技術を褒め、称えているのだろうと思う。それはそれで共感を呼ぶ価値あるものだけれど、感心を示している態度だろう。歌は何故涙を引き出すのかと考えた。言葉の力が聴き手の心の奥に響いて、映像を創るからだろう。楽器の音は、意味を共有する力が言葉と比べると劣る。人はどうしても技巧の評価に走る。私にとって今朝の歌は、感動そのものであった。審査の結果、彼女が最優秀賞を得た。歌といっても、今の若い人の集団で騒いでいるようなものは、心を揺するけれど、重くのしかかる感動とは違う。音と声は別次元のものである。言葉で相手の心を動かす力は、楽器によって心が動くものとは違う。

私はいい詩があって、それにメロディーがついて、そこに本来の音楽があるのが自然であると思う。音楽は技術ではない。ただ騒いでいるだけのものでもない。演奏者が身振りや顔つきで感動している様子は伺えても、聴衆はどこまでそれを共有できるだろうか。私は今朝のテレビ番組で大事なことを教わった。夜になってもまだ嬉しい気分が続いている。

声

人に声
ここそこに
優しい人々

かえりみて
私にも声
喜びそして
ありがとう

2023.9.24

頭髪

ヨーロッパに行くと、人の集まる所では髪の自然色が同一ではなく、思わず顔と同時に見てしまう。黒、茶、ブロンド、白などがあり、そこにまた微妙な違いがある。日本では黒と白と相場は決まっているが、今では染めている人も多いからまさにいろいろである。人の事情は慣れということもあって、特別、話題にすることもない。しかし動物はどうか。白髪頭の黒熊は見たことがない。逆に黒髪頭の白熊も見たことがない。何故か？……わかりません。人に近い猿でさえ白髪頭の猿は居るのか。年取って髪が白くなるのは人間の特権なのだろうか。白くなると何かいいことがあるのだろうか。それから禿(はげ)の動物というのも見たことがない。禿げた熊、禿げた猿。人と動物の違いは何なのか。禿鷹という鳥がいるが、本当に頭に毛がないのか。熊にしても猿にしても鳥にしても、私が今までテレビや動物園で見ただけのことで書いているので、間違って思っているかも知れないが、そんな動物が居たら見てみたい。

私の父は「孝義」といったが、夫婦喧嘩をすると母は「あの禿げ孝が……」と言って怒っていた。しかし父はいつも涼しい顔をしてた。父は確かに「てっぺん禿げ」だったけれど、表情は斑ではなかった。若い頃は斑なく生え揃っていたのだけれど……。

私が白髪になり、てっぺんが薄くなったことと同時に思うのは、禿げ頭の犬や猫、そして時々テレビで見る里に出没する熊にも禿げ頭がいないこと。髪もしっかり頭皮に付いていること。羨ましくて言っているわけではないけれど、人は他の動物たちと違うということを確認しているだけなのさ。どちらが功利的なのかは何とも言えないとかいって、見栄を張ってるだけなのさ。高が頭皮だけの話だが、人によっては逃避できない事情がおありの方も居られよう。代弁者みたいに言ってるわが身はどうなのかと問われれば、花咲く今日の夕暮れ時という状態である。

花の訓垂れ

赤き一輪の
きのうはつぼみ
きょうは花
この花の
あすはもう
光に背を向けている

2023.9.24

猛暑が去って

地球温暖化は地球が今、風邪をひいて発熱状態だと思えば多少気分も和らぐ。今夏は先行きどうなるのかと不安だらけだった。秋風が吹き始めると、冷静さが芽生えたのか、焦る気持ちは無くなった。地球は宇宙の中のひとつの生命だから、そして人はまたその地球上のひとつの生命だから、人の病気が自然治癒するように、地球もやがて元に戻るはずである。と言い聞かせて慰める。もし猛暑の原因が風邪だとすれば、風邪は万病のもとなのだから、薬を飲まないことには回復は望めない。自然治癒でも結構だが、人は焦りの動物だから、早く結論を出したがる。私もせっかちだから、早く薬を与えてこの暑さを封じ込める手立てを考えないといけないと焦りまくって体調を崩した。特別に何をしたというようなことはないのだが……私が焦って、実際に冷房の点検ほどのことは行ったとしても、地球規模のことはずぶの素人だから、例えばもし地軸の傾きが垂直になればどうなるかというような空想の世界で時間を稼ぎながら耐え忍ぶしかない。とはいっても気候をいじることのできる名医はいるはずだ。雨が降らないと昔は雨乞い踊りを奉納するとか聞いたことがあるが、今では馬鹿らしくてそんなことは行わないだろう。猛暑ぶっ飛ばし踊りなんてあったら面白そうだけれど、冷たい目で見られること間違いない。その目線で涼しくなればいいのだが、冷や汗かいて余計に暑そうだ。藪医者ばかりだと地球は重症化するに決まってる。今までこんなことを考えたことは無いが、それだけ今夏は苦しかったのだ。外出すれば人は皆、涼しい顔して歩いてる。見れば扇風機を持って歩いてる。首に冷やした輪を付けて歩いてる。コロナが怖くて、そんな暑い中でもマスクをしながら歩いてる。女性は日傘をさして歩いてる。時々男も日傘をさしている。私も日傘を用意した。かと思えばつるつる坊主の男性が、熱いんだか涼しいんだか分らないが、無防備で炎天下を歩いてる。光を頭で跳ね返してる。これは見ていて気持ちがいい。私にはできないが……。何やかや言いながら、涼しくなった。途端に猛暑のことは忘れ去る。人は鶏をいじめるが、人も鶏も同じじゃ〜ないか!!　三歩踏み出せばもう忘れてる!!

言葉探し

虫が声を限りに呼んでいる
私は何も語れない
夜道を行けば
虫は恨めし
私は甲斐なし
夏の言葉が終わって
もう秋の言葉だから

虫が語らい止むその頃に
私はやっと穏やかな
言葉の温もりかみしめて
疲れた体を慰（なぐさ）めん

2023.10.5

サンマに思う

友人と久しぶりに電話で話をした。その中で、今年はサンマが豊漁で安いと聞いた。電話を終えてすぐに行きつけの食堂に電話をし、塩焼きを確認した。刺身はあるが塩焼きはメニュウにはなくて、1本だけ特別扱いで用意するという。そんな嬉しい話に飛びつかないわけがない。夕方5時の開店に合わせて家を飛び出した。近年はサンマが不漁で、値段も高く、最近はあの子供の頃のサンマの味を忘れかけていた。秋の魚はサンマと決まっていた。庭に七輪を出して焼くその香りが、近所からも伝わってきて、その頃はどこの家でもサンマが当たり前の秋の味であった。その思い出が今日の私を駆り立てた。久しぶり、今年初めてのサンマだ。

　店に客はまだだれも居なかった。早速注文した。私の記憶にあるサンマは脂がのって美味そのものである。本来、魚の嫌いな私だが、これだけは許せるほど好物である。日本酒に焼きサンマ。ちょっとレモンと醤油を垂らし、おろし大根を添えて、ただそれだけでよい。工夫を凝らし、いろいろ調味料を使って、煮たの、焼いたの、ひっくり返したの、蒸したのと込み入った料理は至る所にあるけれど、ひっくり返して焼いただけのサンマが美味しいと思えるのは幸せである。日本人でよかったと思う。

　ところで今回のサンマ。期待が大きすぎたのか、思ったより身がパサパサしている。脂がのっていない。年寄りか？　皮膚に張りがない。艶もない。目も疲れているようだ。白内障か？　背骨が華奢(きゃしゃ)で、多少細い。もしかして脊柱管狭窄症か？　サンマの仲間内では、人社会と同じように世間話があって、彼奴(あいつ)はどうの、此奴(こいつ)はどうのとサンマ同士でやりあっていてもおかしくはない。人社会のことを思えばきっと同じことが起こっているに違いない。余計なことに想像を寄せることはないのだが、私の思い出すサンマとは違っていたのでついつい切ない思いを巡らした。店主が言うには、箱に15〜16匹入って6000円くらいで入荷するということだったが、だとすれば豊漁の様子は伺えない。一尾焼いてもらって900円だった。実情は不漁なのだろうか。期待は半減した。出されたサンマは私に食されて昇天。私に病ありと邪推されて、気の毒だけれど、よく考えれば人は恐ろしいことをしている。病扱いにして、その上食べちゃうのだから、地上の弱肉強食の習性たるはどうしようもない。弱者は網の目をくぐって逃げるしかないのか？　突き詰めると虚しさがこみ上げる。秋はもの悲しいというセンチメンタリズムになっているわけではない。最初サンマで高揚したが、途中で萎(しぼ)んだ感がある。味が良かったらそのまま勢いづいていたはずだ。サンマに陳謝。

友情凌(しの)ぎ

水魚の交もはかなくて
一網打尽(いちもうだじん)の惑う雑魚(ざこ)たち
友連れならば怖くないのか？
そら　網が動き始めてる
行く末を知っているのか？
流れに逆らえ

少々の痛みをこらえて
罠(わな)の入り口から逃げて出ろ
海は広い
沖にはでっかい仲間が居る

2023.10.10

涙の話

涙もろくなったか。ものに感動しやすくなった。もともと涙腺は太いが弱いようだ。映画なんか見ていると困ることがある。映画だってそれを目的にして製作しているのだから、私はいい客である。それはそうとして私は昔から感じやすい泣き虫子供だったけれど、それでも子供の頃は外で大声出して泣いたことはない。外で泣きたいことはいくらでもあった。そのたびに家に帰ってからゆっくり泣くからいいと思って我慢してきた。そんなことを一度母親に言ったことがあったが、その時は既に泣きたい気持ちは消え失せていて、母が笑って、私も照れて笑ってた。その我慢心が祟(たた)って今では何でも我慢する。腸閉塞になって死の直前まで我慢した。あれは痛かった。今は笑って言える。こらえている時は涙は出ない。不思議だ。涙といっても悔しくて出る涙は、いつか正に働くか、それとも負に流れるか。その時は苦しいけれど正に向く涙は自分を動かすと同時に人をも動かす貴重な宝である。人はどこかで涙を流している。それは万人が経験している。その時の気持ちを忘れてはいけないとそのたびごとに銘記する。どこかの母親が子供と手をつなぎ話しながら行く姿を見ている。私は娘のことを思い出す。こんな時もあったなと、夢のようだと回顧する。目の玉が干し葡萄のようになるまで涙を流したことはまだないが、体が枯れ木のようになるまで汗を流したこともまだないが、そんな極限まで追いつめたい自分を夢見ても、その前にちゃっかり水分補給は抜け目なくやっていた。その点は恙なく涙を流し、汗もかいてきた。究極のところで何とか生きることも体得してきた。人はそんな能力を備えている。それを考えると、素晴らしいと思う瞬間に涙が出てくる!!　血の巡りがいいとか、悪いとかいう。私は涙の巡りがいいのだ。だが涙の場合は理解力と関係はないようだ。何故なら私は涙を流しながら何かがひらめくことはない。何かひらめく人は血が倍速に流れているから、時々目が赤くなったりしている。ウサギなんかは血の巡りがいいのだろう。いつも目が赤いからと言ったら馬鹿らしい話になるが、私のひらめきはこんなことしか言えない。ああ、涙か。でも涙は笑いより歴史を多く含んでる。

涙が出たら

悲しくて涙が出たら
涙を拭いてはいけません
悲しみのその奥に
きっと喜びがあるのだから

Au fond de la tristesse
se trouverait la joie.

嬉しくて涙が出たら
涙を拭いてはいけません
喜びのその奥に
きっと祝福があるのだから

Au fond de la joie
se trouverait la félicitation.

悔しくて涙が出たら

涙を拭いてはいけません
悔しさのその奥に
努力と希望があるのだから

Au fond du dépit
se trouveraient l' effort et l' espoir.

辛くって涙が出たら
涙を拭かねばなりません
はじめからこの涙
見せてはいけないものなのです

On sait bien
qu' il n' y a pas de larmes de peine.

涙を下さい

止むことなき涙なら
黙って流れるままにして

目の前がかすんでも構わない
悲しみを遣ってそれで心が戻るなら
その涙は清く輝く
無益な涙は流すまい
流した涙が多いほど
思考の泉がよみがえる

2023.10.11

天気予報

気象衛星が空の状況を伝えてくれるので、後日の天気がより正確に分るようになった。とはいえ1週間先のことまで分るのは不思議だ。空気の流れが、そんなに律儀に移動しているとは思えないのに、気象庁は大胆にも予報を出す。それが当たるというのは、何か我々の知らない裏の裏で観測システムを操作し、指令を出して天気がそうなるように仕掛けているのかも知れない、とか考えたくなる。このシステムは晴れの日も「雨ダス」と言って日本の空は常に暗い天蓋を思い起こさせる。何やら難しい横文字からできた言葉のようだけれど、うまく日本語に馴染んだのか、肩身が狭いのか、ここに引き出されていじられる。「雨ダス」というのなら、「晴れダス」「曇りダス」とかいう予報システムはないものか。予報士が「雨ダスによると、明日は晴れダス」と言ったら、聞いている人はどう思う？ややこしいことはこの際一掃したいものだ。しかもその「雨ダス」が1週間どころか1か月先までの予報を出す。名前に反して晴れも曇りも、風のことまで堂々と言ってのける。天気の予知能力は格段に上がって感謝は尽きない。晴れ予報が当たらなくても、私なら気にもしないし、そのくらいの外れがあった方が人情味を感じる。そういうわけにはゆかない人も居るだろうけれど、宝くじだって当たらないのが普通なんだから、その際はご寛恕を。ついでに言わせてもらおう。我が身の一寸先は真っ暗なのだから人生観測システムという観測網を張って、人の安全を確保できないものか。「長寿ダス」なんていうものができたら、人は飛びついて情報にしがみつくだろう。車に乗れば今は何処へでもカーナヴィが安全に導いてくれる。これは衛星のお陰だそうだ。自動車検査登録情報協会によれば国内で8245万1350台（令和5年3月末）ほど保有されている車だが、その多くが面倒を見てもらっているのだから、人間にだって人ナヴィがあってもいい。いずれにしても裏に一物を含んだ悪意のナヴィだと危険この上無しである。その時はこの話は「冗談ダス」

で終わりだ。「ンダス」（その通りです）。ちょっと方言を使って幕。

お天気屋気象観測

雨ダスが雨予報して
晴れ出すと
人はみな嬉しがる
雨ダスが晴れ予報して
雨降り出すと
人は文句を募らせる
ただ晴れが続けばいいだけのこと
時には外して喜ばす
お天気屋予報も悪くない

2023.10.12

スマホ戦争

ここ数年で、スマホが日常の必需携帯品となった。決して悪いことではない。私は悪くなりそうなことを敢えて言ってみようとする反社会的行動派という暗いイメージだが、尽きぬ心配派ということでお許し願いたい。

電車に乗って座っていたり、食堂に入って座って待っていたりすると、若い男子がスマホに見入っている。女子や大人たちは控えめだが、若い男子は席も狭そうに堂々とスマホに夢中だ。小太りが多いように見えるが、運動不足か。彼らがそのまま大きくなれば小太り爺さんになる。私の知る「こぶ取り爺さん」は頬の瘤（こぶ）を取られたの、貼り付けられたのという子供の頃に読んだ話の主人公である。ちょっと逸れた。時代が代わると世相も変わって、瘤取りが小太りに代わる。時々大太りも居る。今はそんなことはどうでもいいのだが、いずれもスマホに張りついている姿が目に残る。こうして急成長したスマホの勢いが果してこのまま赤信号を無視して進み続けるのか。

最近は小学校から英語を学習し始めることが義務化されたが、これは外国語コンプレックスの表れで、その良し悪しも考えず、単に将来の経済効果を考えた甘い結果に過ぎない。

それが最近新聞に学者や教育者の反対論が載るようになり、その中で英語を嫌う子供が多くなったという報告がなされている。当然のことで、私は日本人の基本となる日本語をまず小学校でしっかり学ぶことを提唱している。スマホについても同様に便利優先、経済優先の前に、好都合、不都合をきちんと議論して、許容の範囲を確立すべきだと真面目に考えている。英語を引き合いに出したが、日本人が皆、どうして英語を小学校から学ぶ必要があるのか。言葉の論理を学んで、議論できるようにするには、母国語を確立しておかないと、先行きに文化と日常が乖離する。日本人が英語で議論し、論陣を張るようなことを考えているなら、それは英語の好きな人に任せるべきだ。それも特別に小学校から始める必要はない。義務化しなければ外国語学習に対して、興味なければ諦めることができる。スマホの場合は義務化しなくても遊びの要素も盛りだくさんだから、子供が嫌いになる理由はない。ただ子供が自ら進んで取り込もうとするのは危険だ。そこで使い方にブレーキをかけることの義務化という英語の場合とは反対のことが必要である。スマホ脳という言葉を聞くが、どういう脳なのか？　頭の回転は速くても、それがプラスに働くのか？　マイナスに働いて、悪を助長することはないのか？　スマホに惚れることは時の流れで止めることはできないが、どこかに必ず虚脱する興ざめ要素があるはずだ。人を好きなっても、それが長くは続かないのが世の常だけれど、それを承知で人は苦楽を共にしている。スマホも同じように愛人化、恋人化してないか？　それでいつかスマホに「んっ？」と思うことがあったら、自分を顧みる機会が生まれたことで「めでたし」。人同士の場合「蛙化現象」という言葉を最近耳にするが、それまで通じ合っていた二人の間で、ふとしたことに気落ちして、軌道がずれる風景として見える。だが相手がスマホの場合は、一歩引いて軌道修正できるのだから、人の場合とは違う「逆蛙化現象」である。今のスマホの状況を見ていると、私はそうあって欲しい。この先どうなるのかは分らないが、今は、時の流れの中で、スマホは「悪女の深情け」と思って気持ちの冷めることがあってもいい。それはやがて自分が蟻地獄から這い上がることができる知らせでもあるからだ。世間で言う「蛙化現象」は、スマホについては「命拾い効果」をもたらすだろう。ずるずる引きずられると分っていながら使い続ける人も居るだろう。こういうのはすべてを飲み込んでしまうから「蛇化現象」とか言うようだ。なるほどと感心してしまうが、若い人たちの造語能力脳にも恐れ入る。でも今は感心している場合ではない。スマホが良い方向に進むことを願ってる。今は余りにやり放題、し放題。し過ぎて誰もが分らずに、楽しいと思っているのだろう。現実に起きている犯罪は、スマホの負の効果だ。人は楽しいことは止められない。そこに落とし穴がある。人とスマホとの戦いはどうなるのか。スマホの「悪女の深情け」は、知る人ぞ知っている気がする。蛙でも蛇でもいいから、不安の無いスマホが堂々と歩きだせば、蛙も蛇も自然に姿を消すだろう。惚れたら惚れ続けられるスマホになればそれでいい。ただ便利さの裏には落とし穴があるということを忘れてはいけない。スマホは便利だから……ということは、スマホはどうなる？　君ならどうする？　私なら……もっと考える時間が欲しい。

発信

科学は知の宝ではあっても
便利を感じさせるものではあっても
いつも人を幸せにするわけではない
人の求める究極の幸せは
言葉という形なき宝
念あるひとことで心はひとつ
想像も及ばぬ叡知が
すべての人に飛び交っている
言葉は科学を内に持つ

2023.10.15

ＩＴ蟻地獄

今、この「蟻地獄」という言葉は知っていても、その宿主の実物を見た子供たちは居るのだろうか。私の子供の頃はまだ地面は舗装されておらず、むき出し状態だったから、乾いた土の柔らかい所には蟻地獄のすり鉢状の穴がいくつもあった。特に縁の下は蟻にとっては地獄だった。蟻はその穴を知って避けていたのかどうかは分らないが、ここに滑り込むと這い上がれない。穴の底の土の中には、うすばかげろうの幼虫が隠れていて、逃げようとする蟻の足を引っ張る。水に溺れている時に、下から足を引っ張られるようなものだ。今は住宅の造りも変わって、都会では床下も縁の下も固められ、蟻地獄は消えたのではないか。うすばかげろうが辺りで見られれば話は別だが……。蟻は必死に苦境を脱しようと藻掻くが、下から足を引っ張る曲者が居て、這い上がれない。人の世も同じだ。

蟻が歩行中に地獄に嵌るのは突発事故なのか、或いは何かのネットワークにうつつを抜かしてうっかりしていたか。人だってボーっとしていたら、いつ穴に滑り落ちるか分らない怖さを知りながら生きている。蟻の場合は命を落とすことになるが、人の場合は金でどうにかしようとする。私はＩＴに詳しくはないが、詳しくなりたいとも思わない。惚れると惚れ込むタイプだから、自分が怖いこともある。それにつけ込んでのことか、ある日パソコンでヤフーのネットニュースを見ながら、3つ、4つ目の記事を開こうとした時に、突然画面が止まって「トロイの木馬に感染しました」と出た。この話再登場だ。とろい者にそんな偽装団を送り込んできたとは、敵も然るもの。だがどうしていいのか分らない。解決のための電話番号が記されている。この辺りでもう地獄の入り口だ。危険を承知で電話した。女性が出たが外国人っぽい。名前はハリーとか言った。電話している場所を聞いた。「港区の……。回復するまでに30分かかるけど、いいか?」。執拗に聞いてくる。30分は待ちきれないから断った。しかし画面が動かないので仕方なくもう一度電話した。今度は男性が出た。アメリカ人だという。「港区の……センターから電話してます。外国人専門技師として5年間ここで働いています。修正しますか。30分かかります。修正しますか。どうですか」。こんな具合に畳み込んでくる。しつこいなと思いながら、それでいくらかかるのかと聞いた。「7万5000円」。自分で仕掛けておいて金を取るなんて冗談じゃない。即座に必要ないと言って断った。金のことを聞かなかったら、危うく地獄に落ちたかも知れない。2023年3月26日の夜のことだった。断ち切ったのはいいのだが、それでどうしてよいのか分らず、終了しようにも何も動かない。差し当たって強制終了させた。しばらくしてパソコンが壊れているのではないかと気になり、起動してみたらいつもの画面が出てきてホッとした。足を引っ張られずに何とか這い上がった感じがした。翌日プロバイダーに電話した。それは詐欺だとはっきり言われた。画面指示の電話番号を教えようとしたら、それは無駄だという。相手はすぐに番号を変えるので押さえようがないという。これについては既に「トロイの木馬だと⁉」（P176）で触れた。

　これは私のパソコンの話だが、スマホに至ってはオレオレ詐欺、振り込め詐欺、勧誘など地獄だらけだ。外国から指令を出してまで人を貶（おとし）める不届きな者も居る。これに嵌（はま）ったら抜け出せない。スマホは善と悪を共に有する。こうした話題には私の好きな赤烏帽子（あかえぼし）たる変な冗談も出てこない。書いていても楽しくない。この辺で止めよう。といっても長くなった‼

蟻地獄

そんな渇いた土の中に
穴掘る技術を誰が教えた
二本の刃（やいば）は生きる腕
お前の知恵はどこにある

そんな水気もないところに
お前は何処を通ってやって来た
道草食ってるのらくら蟻が
お前の穴上通る時
まさに落とし穴
蟻だってお前のことを知っていて
めったに近づくことはせぬ
それなのにお前はじっと待っている
獲物を狙う根気さは
体が枯れても死にはせぬ
狙われる一方の蟻
狙う一方の蟻地獄
蟻達はどこかで情報を取り交わし
危ない場所は知っている
それでも落ち入る悪魔の罠(わな)
渇いて何もない砂漠に気をつけろ

賢い蟻は砂漠には行かぬ
仕事して冬の貯え集めてる
大人蟻の言うこと聞いている

2023.10.21

真面目な話

二重言語話者（バイリンガル）は推奨できるのか？　急にこんなことを言い出すと「お前、大丈夫か？」と気を遣う人が出てきそうだ。でも時には気休めに真面目なことを言ってみたいこともある。馬鹿話を考えるのに頭を使っているのだから……。

時々小学生くらいの子供がテレビで上手に英語を話しているのを見る。大したもんだと感心するが、果たしてどうか？　英語が好きな子供に勧めるのは賛成だが、大人のエゴではないか。小学校に義務として英語の授業を取り入れることがいいのか、悪いのか。将棋にしても囲碁にしても名人が出る。これは素晴らしい。好きでやって伸びるのを止めることはできないが、子供全員に英語を教えることは何のためか？　その前にきちんとした日本語を教える必要がある。母国語で物を考えることが国家としての力であり、日本人の誇りである。皆が英語通になる必要はない。中学辺りから始めて日常に役立つことができればそれでいい。母国語が固まるのは個人差があるが、大体12～13才位らしい。つまり小学生の頃に言語による思考回路ができる。これは大事だ。この時期に文字体系、音韻体系、音声形式、リズム、文法体系など異質の言語を並行学習することは果たして大脳生理的に問題はないのか。常に考えているのだが、脳科学者、脳生理学者、国語学者、英語学者、音声学者、その他関係する学会が何故何も言わない。今隠れた大きな問題が、意図的に隠蔽されているのだろうか。2言語を同時に併用することは生理的に異常状態なのである。理論立てて表現するには強い言語が優先するが、その時にもう一方の言語が顔を出すと、そこで話が先に進まない。きちんと物が言えるためには、言葉の基礎をゆっくりとある年齢までに育て上げることが必要である。例えば小学校で加減乗除の計算を日本語で学習するが、それはその人の人格形成に付与される。そこにもし英語を持ち込んだら回路の混乱はその子供をダメにする。言語形成期に覚えた言葉で人は社会に順応する。もし日常のあいさつ程度の英語を教えるというのであれば、それはずっと後のことで十分だ。同時通訳という仕事があるが、これは6～7分で交代する。それ以上続けると危険らしい。言葉を単に道具と考えて使い回すというのは、子供に対する大人の完全犯罪とも言える。小学生か？

に英語を義務づけるのはどうなんだ。良いにしろ悪いにしろ何ら報告が出ない。どうしてか？

言語は国全体の文化に関係し、個人の言語はその国を象徴する財産である。小学校から英語を義務化することは、日本語に大量の異形語彙が混入する危険がある。現事実としてカタカナ語が多すぎるほど日本語に入り込んでいる。それで日本人が日本語を理解できないということが起こっている。いい日本語があるのにカタカナ語にして使う。これは私の経験からはっきりと言える。良心的な場合は括弧で意味を付記している。一見いいようだが、よく考えると変だ。日本語の中に翻訳した日本語がある。

大脳生理学的にはどうなのか。私は英語が好きだった。今でも嫌いではない。英語にかけた時間は多いと思うが、それで数学が犠牲になった感はある。元々苦手ということもあるが、問題の意味がよく分らない。国語の読解力も今思えば、読みながらいろいろ考えが飛び散る。深く入り込むことができない。だから試験で、作者は何を言わんとしているかという設問は特に嫌だった。どれも当てはまるようだが、答えはひとつ、というから当たる確率は低かった。大人になっても日本語の語彙不足は痛感することが多かった。それは議論するという能力に欠ける結果をもたらす。私の場合中学から始めた英語だが、そちらに傾倒したにも拘（かかわ）らず、他に数学や国語やたくさん学ぶことが多くて英語も存分に時間をかけたとは言い難い。授業はすべて日本語だから、その中にもし英語での授業が入ってきていたらと思うと空恐ろしい。そんなことをしたらすべてが中途半端になる。

日本の脳科学者は何を考えているのか。小学校から英語を義務化する。これに対して何かを言う人が居ないのか。英語の好きな子供には存分やらせればよい。全員に義務化することは生理的にどうなのか。日本の学会でそれを問題にして政府に物を言ったというのはまだ聞いていない。ＡＩが登場して翻訳が進んでいるのに何故今、小学校から英語か。

冒頭で「気休めに真面目なことを言ってみたい」と述べたが、気休めは結構気を遣うものだ。どっち向いても気の休まることがない。

言葉の運搬屋

言葉を忘れた日本人が
笑顔も忘れ
石のように蒼い顔して
歩いてる

林の木にさえ
野の草にさえ
言葉があり
表情があるのに
生の共感を忘れて
物になった日本人
風化作用に侵されて
風穴ばかりあいている
軽石のような日本人
波のまにまに浮いていて
風が吹けば流されて
物に当たれば傷をつけ
無表情　無言葉　無陳謝
物が通って
言葉が引っ込む
それでも私は

しがない言葉の運搬屋
言葉が通れば
心が生まれん

2023.10.25

意訳

何かの音を聞いた時に、突然日本語と結びつくことがよくある。調子とリズムが合っている。そこから一つの物語が生まれる。ある日テニスをしていたら、木の間から鳥の声が聞こえた。「スッピン、スッピン」。野鳥は何を見たのだろうか。きっと急いで歩くOLでも見たのだろう。朝寝坊をして、食事もとらずに家を飛び出したのはよかったが、野鳥に現場を目撃されたのがまずかった。「スッピン、スッピン」。その声に彼女ははっとした。女性にとって化粧は命かどうか分らないけれど、別にそこで命を落とすわけでもないから、彼女は素顔を承知で職場に急いだ。幸い遅刻せずに出勤時間に間に合った。野鳥はすべてを知っていて、警告していたのか。彼女は運が悪かったと思ったその時、あの野鳥の名を思い出した。「そうだ、あれはシジュウカラだった」。それでバッグを開けて財布の中を覗いたら……、やはり野鳥は何でも知っていた。シジュウカラが実際にＯＬを見たかどうかは分らないが、甲高い強烈な鳴き声は、何かを見て報告しているように私には思われた。

　ところで私がこの鳥の名を知ったのは、確か40才を過ぎたころだった気がする。鳥の名前と重なるが、同時に私の懐（ふところ）事情とも重なる。もっと言わせてもらえば、この鳥の鳴き方は今の私の顔と重なる。この鳥の名前といい、鳴き方といい、何か親しみがある。

　こうして自然の中で戯れることが私の性に合っていて、難しいことを考えるとその反動で馬鹿馬鹿しいことがつい、こんな具合に口を衝いて出る。

　人の考えることにはある方向性があって、それにまっしぐらに進むから、他のことはどうでもよくなる。ただ争いに舵（かじ）が向くとそれ以外何も見えなくなるのは恐ろしい。その馬鹿は馬鹿に違いないけれど、底なしの馬鹿である。それこそＡＩがそうした馬鹿の治療法を考えたらいいのだが、それが難しいのならＡＩも馬鹿なんじゃん？　地球は人が多すぎて、少子化とはいうけれど、こうした混乱は地球鎮静化を狙う自然の摂理なのだろうか。

青い鳥

地上のどこかに楽園があって
人は満たされた安息の地を夢見る
だが人の住まない楽園はなく
日常ということが
それとも気付かせずに
人を無感動にしている
自然の中に　都会の雑踏の中に
人は崇高に生きている
限りあって限りない
この空間の中で考え事している
そして人は
罪つくるように生かされる

罪なく生きることは存在の否定
楽園に罪なきことは安息の否定
崇高の陰には罪というエネルギー
人はそれを吸って
巨大な楽園に生きている

2023.10.27

ある日の夕暮れ風景

私の家の門扉の脇に低いハーブの木がある。何という名前の木かは分らない。植えた当時聞いたが憶えていない。出がけに葉を1枚もぎ取って噛む。普通は誰もそんなことはしない。ノーカムカム、エヴリバディである。本人だけが解る英語もどきだが、私だってたまたま今日、そんな気になってカムカムしてみただけだ。話はそこから始まる。

ハッカの香りのする親指の爪くらいの大きさの葉で、それを1枚取って無造作に口に入れる。空を見上げる。日の沈んだばかりの青空に雲は無く、満月に近いのか、ちょっとした気持たせの月が明るく浮かんでいる。その近くを旅客機が飛んでいる。綺麗な風景だが、ハッカに触発されたのか、気が付かなければ秋の澄んだ一風景で済むものを、現実と絡んで余計なことが蘇る。余計なら書かなければいいものを記憶に残るから書き留める。この今が未来の過去になるために……。私は飛行機が苦手だ。最初は不安だったがさほど恐怖心は無かった。しかしその後乗るたびに何かが起こる。機体の落下上昇の繰り返し、そのたびにエンジンらしき音が消えたり回復したり、周りの乗客がハンカチを取り出しゲーゲー始める。私の魂がこの空に散るかと一瞬覚悟した。ヒースロー空港を飛び立ってすぐのことだった。大げさと人は笑うかも知れないが、いや私は真剣だ。それから別の機会には机上のグラスが宙に浮くような機体の落下も。乱気流に揉まれて機内がバリバリ音を立てるような経験はほぼ毎回だ。空恐ろしい話だ。挙句の果ては上空でエンジンが止まって引き返すとか、さんざん極上の経験をさせてもらった。まだ墜落というのは味わってはいないから経験値は低いかも知れない。

ところであのゆっくり飛んでいる飛行機の中に人が居ることを地上から見ていると不思議に思う。最初に飛行機を操縦した人はどんな気持ちであっただろうか。ライト兄弟以前にも空に憧れた人はいたはずだ。彼らは空中に飛んで落ちて死んだか、骨折したか、重傷を負ったかしたはずだ。私は高所は嫌いだから、飛行機は他人事だと思っても、どうしても経験と結びつく。飛行機は見ていることで絵になる、話の種になる。飛行機は遠きにありて思うもの。誰かがそんなこと言っていた。それに乗ったら脳内戦争だ。世の中には勇気のある人が居るものだ。そんなことを思いながら歩いていた。

その足で食堂に入った。女児2人を連れた母親が私の向かいの席に座った。双子のようだ。背の低い母親は、高校生とも見えるくらい幼顔で若そうだ。母親が娘に似ているのか、娘たちが母親に似ているのか、3人ともまあ無邪気でよく似た顔をして、私はほっこりした。久々に家族の睦まじさを見た。こういう光景はいつ見ても嬉しい。地上のこうした風景は心の故郷である。今夕の私は、故郷は近きにありて思うものと感じ入った。そう室生(むろう)犀星(さいせい)は遠くにありて思ったようであるが、遠くでも近くでも、人は何かに思いを寄せている。

平凡な夕暮れ時の束の間に、快くして私は、足取り軽く店を出た。

風景

どんなに素晴らしくても
どんなに歓喜しても

人はそこに背を向けて
もう行かねばならぬ
人は来て　人は去り行く
そして留まることはできぬ
出会いの風景はむなしく
すぐに消えてなくなる
無数の邂逅も
忘却の中でくり返す

2023.11.12

天命

　運を天に任せるとか言って、人はシャーシャーとしているけれど、本来は天に任せずに、自分で天を動かさなければいけないのではないか。どうだろう？　天を動かすと言っても、雨天をひっくり返して晴天にするとかということではない。そんなことができたら気象予報士の仕事がなくなる。

いくら思っても、思うようにならないのが現実だから、それを思うようにして欲しい時に天を仰ぐ。天には天帝が居るのではないか？　古代から人はまだ見ぬ天帝にすがりながら歴史を重ね、繰り返してきた。私は思うのだけれど、時には降りてきて、人の願いを聞いてくれてもいいではないか。人の世界にも天下りというのがあるけれど、天帝の天下りがあってもいい。人の場合と比べれば、その価値は太陽とスッポンくらいの違いだ。月なんか問題じゃない。人社会の天下りは拒否したいが、天帝のそれは大歓迎だ。それで窮状を訴えて、天帝を動かす必要があるというわけ。いやもう、我々の周りには天帝が降りてきていて、我々が気が付かないだけのことかも知れない。

天気の話が先に出たが、これを天帝の気持ちだと考えれば、天帝も人と同様に、時に曇り、時に涙している。だから居場所は違っても、天帝も人も同じで、互いに通じるものがあるはずだ。いくら天帝といえどもお天気屋だから気性も激しい。だから私の運を任せきりにするのも危険だ。もし私の運命表を握られているとしたら、彼（女）は超能力者だから、平身低頭して頼み込み、赤を入れて修正してもらうことが必要だ。逆らえば幸運の箇所を黒塗りされるから気を遣う。仕方ないけれど付き合いは難しい。いまだに彼（女）との付き合い方がぎくしゃくしていて、私の意志がどう伝わっているのか不安になることもある。私の運命表にはまだ赤が入って修正されていない箇所が残っているように思う。或いは何か気に障って私の大事な項目をすべて黒塗りしてしまったか。天帝が天敵とならぬようにいつも空見上げて話してる。ゴマすることはしていない。

運命表 ——古稀を迎えて——

天が与えてくれた私の運命表には
安泰とか裕福とかいう語が見当たらぬ
天が与えてくれたのだから
天に祈って
運命表を修正してもらわねばならぬ
願って天を動かして
運命の行く筋を
変えてもらわねばならぬ

天を動かさねばならぬと思ってから早や10年。天に任せてはいけないと思いつつ、逆に天を動かすつもりが、温暖化とかいって地球が熱くなってしまったために、天はどこか遠くに行ってしまったようだ。私の破天荒に呆れて逃げたのか。その間に私の運命表の項目が消え去ることのないように、今日も空を見上げてる。

運命表　その２　――傘寿をすぎて――

天からの返事が届かない
お忍びでいいからと祈れば
その気配をかすかに響かせる
今の私の運命表には
修正しようにも
その項目が既に無いと言う
軽率ゆえに天誅（てんちゅう）を食らったか
それなら新たに項目つけてくれ
と頼みながら歩みだす

おわりに

人を思い出す時は、一人ひとりに染み込んだ残像があって、それに話しかけている自分が居る。人に限らない。動物でも植物でも見えない相手と対峙して語っている自分が居る。そうかと思うと自分がその私と対峙している時がある。頭の中では言葉が飛び交っている。私の思考の形式は論理的ではなく、混沌の中でふと見えたものに興味を示す具合だから、小説のような長距離走は私には向いていない。途中で息が続かなくなってどうでもよくなる。読むにしても真に触れるところまで届く前に疲れる。つまり届かぬ読者、不届き者である。それで行き着いたのが、読み疲れる前に結論が分る随筆となったわけだが、書くことは楽しいと同時に、言葉探しで躓(つまず)くことも多い。何事も同じで、ひとつ解決すると気分が晴れる。その繰り返しである。稚拙な日本語に恥じ入りながら、恐れ多くも上梓を決心した。

先の『刺さり種(ぐさ)・語り種(ぐさ)』の時も、あとがきには「それにしても今年は暑すぎた……」

と書いている。ところで本書を書いていたこの夏は、それを超えて「史上最高の暑さだった」と報じられた。今夏が昨夏より更に暑く、果たして来夏はどうなるのか。分らぬ夏は何夏(なんか)怖い。どんな夏になるのだろうか。冗談言っているうちはまだ耐えられるかも知れない。でもどうにもならない現実とは分っていても、どこか憂鬱である。

人は一体どこに居場所を求めて生きてゆけばよいのか。高いビルの上の窓から道行く人を眺める。蟻が這うように流れている。誰もがどこかに向かっている。行きつく場所は家なのだろう。私は不思議な気持ちで眺めている。家は体の置き場所に過ぎないけれど、人はそこに向かう。心の居場所はどこにある。心の動きは瞬時に変わって定まらない。嬉しい、悲しい、可笑しい……その気持ちが時と場合によって細分化され、結局人は千変万化の気持ちの移ろう中で時を遣り過ごす。本書のタイトル『宙ぶらりん』はこうした状況の中で生きている様子を活字で反映させようと試みたものだが、名前負けしたかも知れない。誰でも変てこりんな一生を懸命に歩みながら、その途中で自分の何かを表現するか、或いはしないかだけで、いずれも何かを秘めた不安定な宙に浮いた芸術家である。

そんな中、追い打ちをかけて活字離れが云々される。急速に席巻し始めたＡＩに偏ることなく、人の意識改革で活字文化を取り戻せる気もする。そんな願いを込めながら書きました。

帯には毒蝮三太夫（どくまむしさんだゆう）さんから推薦の言葉を頂戴しました。「蝮の舌」は毒舌家という意味ですが、蝮さんは正直で優しい方です。有難うございました。それから小学館スクウェアの皆様には常に多々面倒を見て頂き、本書の出版に至ることができましたこと、感謝申し上げます。

２０２３年10月

飄士　小島　慶一

【付録】　見つけた言葉

『船長日記』には深い思い出がある。２０１３年２月に出版されたが、東日本大震災の２年後であった。被災地の方々が多少なりとも前向きになれるならと願いを込めて、青森、岩手、宮城、福島、茨城、栃木、群馬、埼玉、千葉の１０５の図書館に寄贈させてもらった。後で思ったのだが、被災者の方々にそんな本を読む心の余裕があるはずはないと、深く反省した次第である。そのような時でありながら受理して下さった図書館の方々の心配りには今なお感謝の気持ちでいっぱいであり、また思い出すたび心が痛む。ただ1件だけ寄贈受け付けずというところがあった。その理由が「全壊。職員全員死亡。２０１２・12・１場所を移動して再開。図書寄贈は受け付けず」（陸前高田市立図書館）ということだが、私は今も思い出すたびに涙を流す。私の反省と鎮魂の心は当時と変わらない。『船長日記』は私にとって意味のある1冊となった。これから取り上げる言葉は、そこからの抜粋が殆どである。全体が見えないと映像が浮かばない不安はあるけれど、何かが読む方の心の琴線を震わせてくれたら私はとても嬉しい。そんな願いを込め、敢えて付録として置かせてもらった。

愛の水らしきものくれるとき　これは危険だ
物を憶える苦しさよりも　考えぬ努力の方が辛く　切ない
愛は曲線　美名を冠して独占欲　愛は無益の労働
風景は置き換わっても　時間は姿を変えぬ
無知で甘えることの愚かさ
足跡が深く見えれば　歴史あり
思い出は死の化粧　記憶は生の躍動
人の体は宇宙の写し
人居る限り本物の本物は　言葉ある人
偉そうは見せかけの貧困
奥ゆかしきは孤独でも栄達
年経て色薄まって崇高
行く水に竿させば　無駄な力とお別れ
思索の日々は　実りの探求
人は時間の中で溝を掘る
自分というのが一番わからぬ存在

そのお前は自分だけのものじゃない
生命は人生という借り物
人の中に人が居て　その人々に人生をもらって　私がある
葉枯れても自然は枝を残す　人は大地に生える草木
便利さはまがいものの幸福薬
幸せという不幸の中にあって　物が見えぬ　物を見ぬ
当たり前を見て　それに涙する
人の心の虚しさは　長く続かぬ精と魂
失敗は巷の先導師
私の部屋に道がある　私の机上に道がある
愛する気持ちをさりげなく　仕草の中に置けばいい
幸せなんて初めから　気持ちの中に置けばいい
花の咲かない雑草道　花咲かずとも色褪(あ)せず
図星が怒りの増幅剤
指導者は孤独の大樹
この身震わせて　菩薩となり仏とならん

繕う善人より　繕わぬ善人
死に方のうまい人は　生き方のうまかった人
人は同じものを持って感じ合う
時の情熱は忘却の中で思い出す後悔
小さな人の声聞くよりも　大地の声に耳傾ける
見えぬ何かを観る人　聞こえぬ何かを聴く人
人は自分には文句は言わぬ
哲学の小道を通らなくても　人は常に哲学の道を歩いてる
音ばかり聞こえて　声が聞こえぬ
生ある時が永い旅の休息
むなしさはすべてが無となる心の痛み
はかなさは交わす言葉の人の心の移ろいやすさ
ひとりが笑ったその陰で　十人が涙した
易き道を迂回して　やがて自分を見つけ出す
世間から知恵は教わっても　知識から世間は見えない
優しすぎて　かびが生え　厳しすぎて　ひん曲がる

光強ければ投ずる影は濃く　声香しければ人涙する
赤き一輪の　あすはもう　光に背を向けている
時間の流れの河べりで　妙薬を溶かす
人は皆ちり　だが人は皆宝
人は　年寄って人となる
色深ければ　甘さもまた深し
ありがとうって言わせることの　できない人が多すぎる
この花は　忘却という化身を置いて　そこを立ち逝く
最大の敵　それは自分　最大の味方　それも自分
いくら先が見えても目前の半世界
さりげなく　いつか人の目に触れるように　そっと自分を作ればいい
字習い事は美しくても　一歩進めば　文字の声を聞く
人が人の価値を決める　そんな愚かには従わぬ
平凡は人を見る哲学　人の中に小さな人の泉あり
人はかけた情けの数が多ければ多いほど　人の喜びを我が喜びとする
華美なる知識・旨き名誉は瑣末(さまつ)の飾り

幸せのふりしてみても　生き様を偽ることはできぬ
おごれる時は屁のごとく　響いてやがて虚無と化す
女はカップルの女を見てる　男はカップルの女を見てる
時の流れにはさみを入れて　切り抜いた言の葉は緑色
人は瞬間のシルエットを残して　消えてゆく
その人の私を呼ぶ道に　私はもう居ない
生きるって　華麗を装った仮面　見せかけの宴　勘違いの夢
別れるのは嫌だよと　言う言葉は出なくとも　それでも別れは待っている
感謝の気持ちと決心を　大声なんかでは　恥ずかしくて言えません
見える風景は年取らず
おまえのもとに人が集まるその時は　心がおしゃれなんだよね
人の温かさを知って　人に温かくすることを知るんだよ
生きることの大事さは　死の予感がよぎる時に　誰もが感じる
人の世に生まれ来て　また帰る　いずこにぞ
持ちかける世話は喜び　もちかけられる世話は疲労
感動は犠牲を悔やませぬ薬

人は決して喜びの終点を知らない　すべてが勝利者である
自分が無能であると知った時　究極の素直さが見えてくる

『思索してますか?』『船長日記』より部分抜粋

出典

p2「木彫家 滝口政満」

p184「男と女の時間」、p225「赤提灯」、p239「……ってみたい」、p245「毎日　毎日を」、p255「悲しみの説法」、p259「優しさに打たれて」、p264「ふりまわされて」、p279「顔」、p294「花の訓垂れ」、p322「青い鳥」

『思索してますか』（日本図書刊行会）より転載

p1「元気だった?」

p181「ピエロの奮闘」、p187「年を取る」、p190「点と線」、p193「精神自爆」、p197「学生と向かい合って」、p201「この瞬間」、p205「男鹿路行」、p207「水に流して」、p212「文字」、p214「光・影・そして人」、p218「心」、p222「夫婦」、p228「時間を友にして」、p232「確かめながら」、p234「カラスとけんか」、p237「秘め事」、p242「女と男」、p250「隙間犯罪」、p253「金魚鉢」、p258「娘への贈り物」、p262「笑いながら」、p270「コンピュータ」、p273「暑い夏の一日」、p276「うんざり夏の日」、p283 / 284「言葉の真珠/言葉」、p288「日本人の忘れ物」、p291「声」、p296「言葉探し」、p299「友情凌ぎ」、p302 / 303「涙が出たら/涙を下さい」、p310「発信」、p313「蟻地獄」、p318「言葉の運搬屋」、p325「風景」

『船長日記』（ふなおさ）（朝日出版社）より転載

※カバー、扉の影像：滝口政満 作／「阿寒湖ホテル 鶴雅」所蔵

著者紹介

小島 慶一（こじま けいいち）

1943年東京生まれ。青山学院大学フランス語・フランス文学科卒業。同大学院博士課程満期退学。聖徳大学名誉教授。専門：一般音声学、フランス語学・音声学。著書：研究書、音声概論、発音参考書、詩集、随筆など。

聖徳大学名誉教授（専門 一般音声学、フランス語学）
元青山学院大学非常勤講師
元上智大学非常勤講師
元早稲田大学非常勤講師
元中央大学非常勤講師
元東洋英和女学院短期大学非常勤講師
元女子聖学院短期大学非常勤講師
元駒澤大学非常勤講師

●詩集

『思索してますか　内省・勘・笑』（文芸詩集　1997年7月　日本図書刊行会）
『船長日記（ふなおさ） ～ゆるり・ふらり～』（写真詩集　2013年2月　朝日出版社）

●随筆

『妖怪だー!!!』（2000年7月　文芸社）（絶版）
『笑うかどうかに福来たる　お洒落に笑って大笑わ　馬鹿・・しいけど大真面目』
（2020年10月　朝日出版社）
『爺活（じじかつ）百態　ああ、何をか思わん』（2021年10月　朝日出版社）
『刺さり種（ぐさ）・語り種（ぐさ）』（2023年1月　朝日出版社）

●ことば遊び

『捩（もじ）り遊び日本語 ～テキトウでアイマイな日本語クイズ』（2019年5月 朝日出版社）

●フランス語発音学習書

『やさしいフランス語の発音』［改訂版］（2017年7月　語研）
『超低速メソッド　フランス語発音トレーニング』（2013年9月　国際語学社）
（出版社が突然消えて、絶版）

●言語音声に関する参考書（生理、理論、音響など）

『音声ノート　―― ことばと文化と人間と ――』（2016年3月　朝日出版社）

●話し言葉に関する研究書

『発話直前に想起される音声連鎖の構造
　―― フランス語学習を例として、心象音声の応用 ――』

（2017年1月　朝日出版社）

La structure de la séquence phonétique remémorée lors de l'émission
— esssai d'application des images phonétiques à l'apprentissage du français —

（上記書の翻訳）

●その他

学術論文	20	辞典など 共著	2	日本語方言の母音 共著	2
フランス語教科書	4	学会個人発表	5	共同発表	2
フィールドワーク国内	24	国外	9		

宙ぶらりん

2024年7月31日　初版第1刷発行

著者　小島 慶一

発行　株式会社 小学館スクウェア
〒101-0051
東京都千代田区神田神保町2-19　神保町SFⅡ　7F
Tel：03-5226-5781　Fax：03-5226-3510

装丁・組版　ヴィレッジ

印刷・製本　中央精版印刷株式会社

造本にはじゅうぶん注意しておりますが、万一、乱丁・落丁などの不良品がありましたら、小学館スクウェアまでお送りください。お取り替えいたします。

Printed in Japan　ISBN 978-4-7979-8133-9